JN035206
「私と暮らしたいって
素直に認めたら、
食べさせてあげるけど？」

「末永くお幸せにー。もしくは爆発しろー」
「ああいうの、うらやましいです」
「ねーねー劉生ー、なんで私を見てたの？」
大江智也
劉生のクラスメイト。
一見大人しそうだが、
案外人が悪い。
扇奈にまとわりつかれている
劉生をいつも楽しそうに見ている。
寺町奏
劉生のクラスメイト。
教室では孤高の学年1位と
呼ばれる優等生

2-1
「べ、別にお前のこと
なんか見てないって。
自意識過剰だろ」
高村劉生
扇奈とは小学校からの親友。
手先が器用で、
モノ作りが大好き。
ついに、放課後の居場所と
するため、家づくりを始める。
伏見扇奈
劉生とは小学校からの親友。
見た目は派手で巨乳だが、
実は人が苦手なぼっち体質。
唯一例外の劉生と恋人に
なりたいと思っている。

「ちょっと劉生、どーいうつもり⁉」
すごい剣幕で食って掛かる扇奈の恰好は、
ダボダボのセーター一枚だけという
とんでもないものだった。
「覗くなって
前フリしたんだから、
覗こうとするのが
お約束でしょ!」

「私と一緒に住むってどうかな？」1
見た目ギャルな不器用美少女が俺と二人で暮らしたがる

水口敬文

HJ文庫
913

口絵・本文イラスト　ろうか

私と一緒に住むってどうかな？

見た目ギャルな不器用美少女が俺と二人で暮らしたがる

Contents

Presented by
Mizuguchi Takafumi
Illustration Rouka

プロローグ

watashi to issho ni sumutte iunoha dokana?

木造平屋建ての家がある。

お世辞にも綺麗とは言えない。いや、相当ボロく汚い。庭は雑草が伸び放題、壁はあちこち崩れて穴が開き、苔生し、蔦が覆っている。

もはや朽ち果てるのを待つしかない廃屋だ。

この家を見て『将来』とか『希望』とか『可能性』とか、そういうポジティブなイメージを抱く人間はいないだろう。

だが、高村劉生はそんなあばら家を眺めながら、不敵な笑みを浮かべていた。

高揚感が湧き上がるのを止められない。

「いいぞ！　むしろやりがいがあるというものだ！　俺が徹底的に修理して、住みやすい家にしてやる！」

それは自身を鼓舞する決意表明であると同時に、崩れるばかりのボロ家に対する宣戦布告でもあった。

やってやるぞという気持ちがフツフツと込み上げてくる。

「ねーねー、劉生ー」

そんな笑いを止められない劉生の学生服の裾を、釣り針にかかった魚みたいにクイクイと引っ張る者がいた。

「なんだ？　扇奈」

振り向くことなく応じる。

「本気なの？　冷静に考えた方がいいよ。そりゃあ、私もここが取り壊されるの嫌だし、綺麗になるのは嬉しいけどさあ」

裾を放そうとしない彼女の言いたいことはわかる。劉生は大工や職人ではない。どこにでもいる一介の高校生だ。ロクな知識も技術もない高校生が一軒家を修復しようと言っているのである。プロが聞いたら、舐めるなと怒るのは必定だろう。

しかし、劉生はあくまで真剣だった。このボロ家を人が住めるレベルにまで修復してやろうと本気で考えている。

「本気も本気だ。それに、ちょうどいいじゃないか。俺たち、いつも放課後は目的がなくてブラブラするだけだ。落ち着ける場所があるのは悪くないだろ」

「それはまあ、そうなんだけど」

うーん、と唸る少女の前で、劉生は高々と宣言する。

「ここを俺たちの秘密基地とする！」

「高校二年生にもなって『秘密基地』って単語はどうかと思う」

熱意を込めて言ったのだが、扇奈の心にはちっとも響かなかったようだ。眉間にしわを作ったまま、冷めた表情を見せる。

「じゃあ、シークレットベース」

「英語にしただけじゃん」

「アジト」

「私たち、マフィアかなんか？」

「潜伏先」

「完全に逃走犯！」

「溜まり場」

「それが一番しっくりくるけど、なんだかなぁ」

しばし複雑そうな表情を浮かべてこちらを眺めていたが、やがて諦めたのか、そっと小さなため息をついた。

「……ま、いっか。少なくとも暇潰しにはなりそうだしね。物は試しって言うし、やってみよっか」
「おう、やるぞ！」
彼女の言葉に、拳を力強くグッと握って見せる。
放課後やることがあるのは、行くべき場所があるのは、素晴らしい。
放課後何をしよう、と悩んでいた今朝の自分に教えてやりたい。
面白そうな場所が手に入るぞ、と。

1章 劉生と扇奈

——今日の放課後、何をしよう？

それは、劉生にとって最大にして最難の問題だ。

人生の命題と言っても過言ではない。

登校途中、歩道脇に整然と並ぶソメイヨシノをぼんやりと眺めつつ、放課後のことばかり考えていた。

桜色の花びらはすっかり散り、朝日を浴びてエメラルド色に輝く若葉が、枝のあちこちから芽吹き始めている。新緑の香りを含んだ柔らかい風が吹き、からりと晴れあがった青空は一日の始まりとして、文句の付けようがないほど気持ちいい。

だというのに、劉生の頭の中は朝も昼もすっ飛ばして夕方のことばかりだ。脳内では、橙色に染まった空の中をカァカァとカラスが山へ帰っていく光景が浮かんでいる。

朝の八時過ぎから午後のことを考えるなんて、バカだと思われるかもしれない。だが、劉生にとって放課後という時間は何より重要で、何より厄介な代物だった。

『学生は勉強が本分で、最も大事な時間は授業時間だ。放課後は二の次三の次である』

真面目な奴はそんなことを言って、劉生の考えを否定しようとするだろう。

至極真っ当な正論だ。反論しようという気も起きない。だが、その一方で同意もしたくない。日中など、学校の机に向かってさえいれば、それだけで自動的に過ぎ去ってくれる。どうすればいいかなんて悩む必要もない。ある意味、楽だ。

しかし、放課後はそうはいかない。

どこで何をするべきか、自分で決めなくてはいけない。学校は、大袈裟に言えば国は、そんなこと決めてくれない。親という厄介な存在が介入してくるケースも多々あるが、それでも最終的な決定権は学生自身にあるはずだ。少なくとも、劉生という少年はそう思っているし、劉生の放課後の決定権は劉生自身に委ねられている。

高校生の放課後の過ごし方は、概ね五つに大別できる。すなわち、勉強・バイト・塾や習い事・部活・遊ぶ、の五つだ。

劉生にとって、勉強という選択肢は論外である。日中ずっと勉強しているのに、さらに家に帰って英文や数式に立ち向かうほどのマゾっ気はない。

バイトはなかなか魅力的だが、劉生が通う高校では校則で禁止されている。お金を稼げるのは実に素晴らしいし、やってみたいという気持ちがないわけではない。しかし、ばれた時のリスクを考えると、二の足を踏んでしまう。

塾や習い事は気が進まない。どうも母親は塾に行かせたがっているようで、近所の塾を検索した履歴が家族共有のタブレットPCに残っているのだが、少なくとも高校二年の四月である今は遠慮させていただきたい。

部活は興味がある。同じものを好きな連中と共に汗を流したり、切磋琢磨したりするのは悪くない。練習でクタクタになった後、一緒に牛丼屋で大盛り牛丼をガツガツとかっ込むなんてちょっと憧れる。だが、こちらも高村家特有の理由により母親から禁止令が出されていて、選択できない。

そうなると、遊ぶ、という選択肢が一番妥当かつ最適解ということになる。

『遊ぶ』。

悪くない。悪くないどころか、最も劉生好みの選択肢だ。

だが、『塾や習い事』しか選べない連中に、ふざけんなと石を投げられかねないが、『遊ぶ』は『遊ぶ』で大いなる難題を内包している。

『遊ぶ』という括りがあまりに大きく漠然としていて、何をすればいいのか迷ってしまうのだ。おまけに、劉生は裕福ではない。まだ四月半ばで小遣い支給まで二週間以上あるし、来月のゴールデンウィークのことを考えれば、小遣いは無駄に消費したくない。そうなると、カラオケやゲームセンターなどお金を消費する遊技場は避けたいのが本音だ。

できるだけお金を遣わず、夜まで時間を潰せて、楽しいこと。

これが、劉生が『遊ぶ』に求める条件だ。

しかし、この条件に合致する遊びがなかなか見つからない。

故に劉生は登校時から、放課後どうしようと悩むのだ。

劉生が通う市立木ノ幡高校は、地方都市である笠置市のほぼ中央に位置する平凡な公立高校だ。学力は中の上といったところだろうか。

中の下程度の頭しかなかった劉生が合格するのはそれなりに苦労したが、入ってしまえば悪くないと思える学校だった。勉強だけでなく部活も活発だし、いじめもなく、教師も生徒も穏やかな人間が多い。校舎や設備が古く、アルバイト禁止が不満と言えば不満だが、贅沢を言い出したらきりがないだろう。

うんうんと唸りつつ木ノ幡高校に到着した劉生は、グラウンドを突っ切ってまっすぐ昇降口へ向かった。

「――あ、来た来た。劉生、おはよー」

二年一組の下駄箱に到着した途端、髪を綺麗な金色に染めたギャルっぽい雰囲気の女子生徒が、ヒラヒラと手を振りながら近寄ってきた。いじっていたスマホをスカートのポケットへ押し込み、明るい笑顔を見せてくる。

……朝っぱらから目立っているな、コイツは。

登校してきた生徒たちが、彼女をチラチラと見ながら通り過ぎていく。

なんというか、ものすごく人の目を引くタイプの美少女なのだ、彼女は。

ほぼ毎日近距離で顔を見ている劉生はいい加減見慣れているが、そうではない人間はついつい見てしまうらしい。

そういう美少女に待ち構えられているので、劉生の方にも視線が注がれる。なんとなく、背中がむずがゆい。

「おはよう、扇奈。ちょうどよかった。今日の放課後、何しようかって考えていたところなんだ。お前、何かプランは――」

――あるか、と言いかけて、はたと気づく。

「なんで下駄箱で待ち構えてるんだ？　俺に何か用か？」

嫌な予感がして顔が曇る劉生を前にして、扇奈は可愛らしく小首を傾げる。

「あれ？　どうして用があるってわかったの？」

不思議そうな顔をするが、劉生からすれば不思議でもなんでもない。

「この時間は、教室の隅で分厚いバリアを張り巡らしてスマホをいじっているぼっちタイムだろうが。別のクラスの俺をわざわざ待ち構えている時点で、用があるのは確定だろ」

簡単な推理を披露すると、扇奈は心外だと唇を尖らせて抗議してくる。

「ぼっちタイムってひどくない？」

「事実だろうが。扇奈、俺以外に友達いないだろ」

「そうだけどさ、友達ならもうちょっと言い方考えてよ。泣いちゃうよ私」

何を今さら、だ。

伏見扇奈という少女は目立つ美人なのに——いや、目立つ美人だからこそ——高村劉生以外に友人はいない。

他の学年ならいざ知らず、二年生の間では有名な話である。

「それで、用はなんだよ。さっさと言ってくれ」

スニーカーから上履きに履き替えつつ、雑に尋ねる。どうせロクな用件ではないのだから、まっすぐ目を見て真摯に聞く、なんて気持ちにはどうやってもなれない。

「え？　ああ、そうだったそうだった。あのさ、ここを見てくれる？」

用事を思い出した扇奈が、自分の左わき腹をちょんと指差す。

一見、おかしなところは見当たらない。

「……太ったとかか？」

「ちっがう！　失礼なこと言わないでよ！　これでも体重管理はちゃんとしてるんだから！」

扇奈が眉を吊り上げてプリプリ怒るが、劉生は、あれ？　と首を捻る。

「この間ファミレスで、イチゴパフェとチョコパフェをまとめて注文して、両方とも綺麗に空にしていたような。あれで体重管理しているのか？」

「あ、あれは味比べをしただけよ」

「先週、割り勘で買ったはずのたこ焼きを俺がスマホをいじっている隙にほとんど食いやがったよな」

「あれはモタモタしていた劉生が悪いんじゃない。冷めたらたこ焼きに失礼でしょ」

「春休みに行ったラーメン屋では替え玉してたよな。店員に背脂マシマシにしてとか頼んでたし。あんなギトギトなの、よくスープまで完飲できたよな。塩分とカロリー半端ないぞあれ。部活帰りの野球部員ならともかく、ロクに運動しないお前があんなことしたら、あのカロリーの大半は脂肪に――」

「それ以上はストップだよ劉生！　乙女の食生活にそれ以上口を挟まない！」

乙女の摂取カロリーについてまだまだ言いたいことはあったが、力ずくで口を塞がれてしまった。

「そうじゃなくてここ！　ほら、よく見てよ！　セーターのここ！」

着ているセーターの一点をグイグイと指し示す。

扇奈は、制服の上からサイズが合っていないダボダボのセーターを着ている。お洒落目的でわざと大きめの服を着る女の子もいるだろうが、彼女が着ているセーターはそういうレベルを余裕で逸脱していた。ワンサイズどころか、二つも三つも大きいサイズで、彼女の制服も体型も覆い隠してしまっている。はっきり言って、テルテル坊主のオバケみたいでみっともない。

「ほら、ここに穴が開いているでしょ」

扇奈はそんな色々台無しにしているセーターをしつこく指差してくる。

「……言われてみれば」

しげしげと眺めて、ようやくその穴の存在に気づく。

どこかでひっかけたのだろうか。ほんの一、二ミリくらいの穴が開いている。言われなければまず気づかない。

仮に劉生がこのセーターを着ていて、この穴に気づいたとしても、これくらいなら別にいいかと思うだろう。そういうサイズの穴だ。

しかし扇奈は大事件が起きたかのように、

「朝起きて着ようとしたら開いているのに気づいたの。まだそんなに着ていないのに！やっぱり安物ってダメねー」

「……で？」

安物という点に抗議したいが、グッとこらえて先を促す。正直なところ、彼女がこれから何を言うつもりなのか、百パーセントの確率で当てられる自信がある。なので本当は聞く必要はない。しかしそれでも、一応聞いてやる。彼女が親友だからだ。

すると、扇奈は子供みたいな無邪気な笑顔で、劉生が予想した台詞を一言一句違えることなく言い放った。

「劉生が着ているセーターと交換して♥」

「やっぱりか！　断る！」

予想が的中しても全然嬉しくない。衆目を集めるのをわかっていて、大声を張り上げてしまった。

今日は四月半ばとしては肌寒い。扇奈同様に、劉生も薄手のセーターを制服の上から着込んでいる。扇奈は、穴の開いたセーターの代替として、それに目をつけたのだ。

「え、なんで？」

さっそく手を伸ばしながら、意外そうな顔をしてくる。

「なんでじゃねぇよ！　お前が着ている服に穴が開いたからって、どうして俺が自分の着ている服を提供しなくちゃいけないんだ⁉」

「だって、劉生は私のたった一人の友達じゃない」

だったら服をくれるのは当然でしょと言わんばかりの口調が、実に腹が立つ。

伸びてきた細い手をバシッと叩きつつ、

「このセーター、今月おろしたばかりの新品なんだぞ。これは絶対にやらないからな」

「そんな！　どうしてそんなひどいこと言えるの⁉」

「お前こそ、よく言えるなそんなこと」

劉生が白い目で見るが、扇奈の調子は変わらない。

「女の子が穴の開いた服を着ているんだよ？　可哀想とか思わないの？」

「扇奈限定で微塵も思わない」

「何その逆特別扱いは⁉」

下駄箱の前で言い争っていると、生徒たちが野次馬根性を発揮して二人を囲み始めた。

ニヤニヤしていたり、つまらなそうにしたり、劉生に嫉妬の視線を叩きつけたりと多種多様だが、共通しているのは、誰も珍しがっていない、ということだった。

生徒たちに見物されながら、二人のくだらない舌戦は続く。

「だいたい、そのセーターだって元々は俺のだろうが。毎度毎度、人の服かっぱらいやがって！」

「ひっどい！　人を追い剥ぎみたいに言わないでよ！」

「お前の職業は、ほぼほぼ追い剥ぎか強盗だろうが！」

「私の職業は花の女子高生！　もしくはＪＫ！」

「表現が古い！」

「いいからこれ脱いでってば！」

言葉だけでは埒が明かないと思ったのか、扇奈がセーターをむんずと掴んで強引に脱がそうとする。

「いいからじゃねぇよ！　今日こそは盗られないからな！」

劉生も自分のセーターをしっかりと握り締め、徹底抗戦の意志を示す。

「むむむ……！　劉生のくせに生意気な……！」

「お前にだけは『くせに』なんて言われたくないんだがな」

しばし睨み合い、膠着状態に陥る。

それを打ち破ったのは、扇奈の方だった。

「何が何でも、私のお願いを拒否するわけね？」

こちらの目を見据え、最後通牒をしてくる。

「当たり前だろうが。このセーターだけは絶対に渡さん」

自分の小遣いで買ったセーターだ。これぱかりは扇奈にやるわけにはいかない。

「そう、劉生がそういうつもりなら私にも考えがあるわよ」

「ほう、何かしょうもない作戦を考えてやがるな。いいだろう、挑戦を受けてやるよ。かかってこい」

空いている手をクイクイと動かし挑発すると、扇奈が不敵に笑った。

「言ったわね。自慢じゃないけど、私は劉生が嫌がることが的確にわかるの」

「マジで自慢にならないからなソレ」

「だからね、こうしてやるの！」

劉生が半眼になって呆れていると、その隙に扇奈は猫のようなしなやかさで素早く後ろに回り込み、ぴょんとしがみついてきた。

「お、おい……ッ⁉」

背中に女の子一人分の重みがかかる。

「さあ、セーターを寄越しなさい。さもなくば、このまま公衆の面前で耳をはむはむしてやるんだから。ものすごく恥ずかしいわよ」

耳元でとんでもない脅迫をし始めた。

「ちょっと待て。それって俺も恥ずかしいけど、お前も恥ずかしくないか？」

いつの間にか、二人のやり取りを見物している生徒たちは十重二十重になっている。体中に突き刺さる視線がなんとも痛い。

しかし扇奈はふふんと得意げに笑い、

「残念。私は他人の目なんか気にしないのよ。どうでもいい他人にどう思われようがどうでもいいんだから」

「お前、自分のぼっち気質を利用するなよな。とにかく、下りやがれ！」

「バーカ！　下りるわけないでしょ。劉生がセーターくれないなら私も本気！」

なんとか振り落とそうとするが、扇奈は両手両足で力の限りしがみつき、本当に耳を齧ってきた。耳たぶがヌルヌルと生暖かい。ゾワッと怖気立ってしまう。

「うっわ、マジでしやがった！　きたねー！」

「何が汚いよ！　劉生ってば失礼！」

「他人のツバなんて汚いに決まっているだろうが！」

「私のツバは汚くないわよ！　名水百選の水に匹敵するくらい綺麗なんだから！」

「お前、その意味ない自信はどこからくるんだ!?」

二人は二人なりに、真剣に壮絶なセーター争奪戦を繰り広げているつもりである。

だが、見物している周囲からは、おおおっという歓声と拍手が沸き起こってしまう。完全に見せ物扱いだ。

クッソ、無茶苦茶恥ずかしい……！

朝っぱらから、とんでもない醜態を強制的に晒されるなんて、今日は厄日かもしれない。

羞恥で赤面する劉生の耳元で、勝利を確信している扇奈が囁く。

「ひょっとして、相打ちに持ち込もうとか考えているのかなぁ？　残念。そうはならないわよ。劉生はこの後教室に行って、ものすごーくからかわれるわね。きっと、一日中からかわれ続ける。でも私はからかわれない。なぜなら、私には友達がいないから。残念な私に声をかける奇特な人はクラスには一人もいないのよ！」

「自分で残念とか言うんじゃねぇッ！」

恐ろしいことを考え、実行する女である。我ながら、よくこんな奴と長年友達をやっているものだ。

「さあ、どうする？　私はこのままチャイムが鳴るまで粘ってもいいのよ？　なんなら、教室まで運んでくれてもいいし」

「こ、このアホが……！」

こいつは、自分が今何をやっているかわかっていない。

高校生にもなっておんぶとか、耳をはむはむ噛むとか、教室まで運ぶとか、そういうことが問題ではない。

そんなこと、些細なことだ。

問題は、今劉生の背中に押しつけられているものだ。

ダボダボのセーターのせいで一見わからないが、扇奈の胸はものすごく大きい。その隠された巨大な武器を、セーター越しにがっつり背中に押し当てているのだ。劉生と扇奈の間に挟まれた二つの膨らみが、何の遠慮もなくそのやわらかさを伝えてくる。

その感触そのものは全く嫌なものではないが、それを衆人環視の下でやられるというのは、とんでもない羞恥プレイである。

実際、劉生の背中に何が押し当てられているか気づいている野次馬も多数いた。羨ましそうに見たり、汚らわしいものを見るような冷たい目で見たりしている。

もう、恥ずかしいという感情しか出てこない。顔から火が噴き出しそうだ。

「ふふふ、さあ、やめてほしかったら、今すぐそのセーターを渡しなさい！」

そんな劉生を見て、ただ一人状況を正しく理解できていない扇奈が勝ち誇る。

「く、クソ……！」

劉生は低く唸り、悔しがるしかない。

確かに威力は抜群だ。だが、ここで屈したら、おっぱいに負けたことになる。

『おっぱいに敗北した男』。

そんなレッテルが貼られてしまう。そんな屈辱、男として断じて受け入れられない。

「ふ、ふん。俺がこれぐらいのことで折れると思っているのかよ。甘く見られたもんだな」

声が震えるのを自覚する。

痩せ我慢だ。

自分でもわかっている。

こんなバカみたいなやり取りをみんなに見られるなんて屈辱的だ。だが、ここで引き下がるわけにはいかない。引き下がれば、これ以上の屈辱を味わうことになる。だから、虚勢を張るしかない。

「ふぅーん。あ、そう。そういうことを言うんだぁ」

劉生が意地になってノーを突きつけると、扇奈は面白くなさそうに頬を膨らませた。そして、意味ありげにニヤリと笑う。

「なら、こっちも最終手段を使うしかないね」

「まだ何かあるのかよ……！」

戦慄する劉生の耳元で、扇奈がまたそっと囁く。

「セーターくれないと、お弁当あげないから」

「な……!?」

それを聞いた劉生の顔がサッと青ざめる。

「今日は劉生の大好物の唐揚げをたくさん作ってきたんだけどなー。いらないのかなー？」

「扇奈、それは卑怯だろ!?　弁当を人質にするのはズルすぎだろ！　反則だろ!?」

意地も誇りも一瞬で吹き飛んでしまう。

劉生の昼食は高校に入ってから、ずっと扇奈が作ってくれる弁当に頼っている。彼女から弁当を支給してもらわないと、夕飯まで一切の栄養補給ができない。大袈裟でも何でもなく、扇奈の弁当が劉生の生命線なのだ。

「それはなしだって！　マジで！　ホントに！　シャレにならないから！」

「知らないわよ。大人しくセーターくれない劉生が悪いんじゃない」

半分泣きそうな顔で抗議しても、まるで無駄だった。扇奈はツンと澄ました顔でセーターをクイクイと引っ張ってくる。

「く……！」

悔しげに唸っても、どうにかなるものでもない。向こうが大事な大事な昼食を握っている以上、白旗を掲げるしかなかった。

「持ってけドロボー……」

力なくうなだれ、背中から下りた扇奈にまだまだ新品のセーターを手渡すと、彼女はちょっと不満そうな顔をした。

「嬉しいんだけど、おんぶ攻撃よりお弁当の方が攻撃力高いっていうのは、女として納得いかないものがあるなぁ……」

「自分でやっておきながら勝手なことを言うんじゃねー」

「ま、いっか。それだけ私のお弁当がおいしいってことだよね。じゃあ劉生、またお昼にね」

一人で勝手に気を取り直した扇奈は、奪い取ったセーターを大事そうに抱えていそいそと自分の教室へ向かおうとする。

「待て」

それを、呼び止めた。

「どうかした？　予鈴が鳴っちゃうよ」

「そっちのセーターは諦めた。だけど、せめてお前のセーターは寄越せ。代わりに着る」

先程までとは反対に、今度は劉生が扇奈のセーターの裾を掴む。

劉生が制服の上からセーターを着ているのは、防寒目的だ。お洒落目的ではない。なので、小さな穴が開いていようが開いてなかろうが、どっちでもいい。

というか、今扇奈が着ているセーターも元々は劉生のもので、数か月前に今朝と同じように奪い取られたのだ。不要なら是非とも返却してほしい。

「え……？　これを？」

当然の要求のつもりだったが、扇奈はなぜかひどく動揺した様子を見せた。

が、それはほんの数秒のこと。

得意のいたずらめいた笑みを慌てて作り、

「いいけど、私が着ているんだよ？　女の子のにおいがたっっっぷり染み込んでいるセーターを着たいの？」

着ているセーターをほらほらと見せつけてくる。

扇奈が言うとおり、彼女からはふわりと甘いにおいが漂ってくる。ギャルっぽい雰囲気に反して、彼女は化粧なんかしない。ましてや香水なんてつけるはずがない。にもかかわらずいいにおいがする。ということは、これは扇奈自身のにおいということになる。同じ人間なのに、女の子という生き物はなぜこんなにいいにおいがするのだろうか。

「知らなかったなー。劉生がにおいフェチだったなんて。私、長い付き合いだけど初耳だよ。女の子が着ていたセーターに身を包んでにおいを堪能するのかな？　それとも、顔をうずめてクンカクンカしちゃうのかな？　イヤー！　ものすごく変態っぽい！」

……こいつは、こういう時は本当に元気だな。

一人で勝手にキャーキャー騒ぐ扇奈を眺めながら、つくづく思う。

元気なのは結構だが、自分をからかっている時が一番元気というのは腹が立つ。

「俺はにおいフェチじゃない」

扇奈が元気になればなるほど、劉生は白い目を向けたくなる。

「またまたー。女子が着ていた服をすぐに着るなんて絶対ににおいフェチだよ」

「断じて違う。その証拠に、こういうものを用意しておいたんだ」

「え？　なになに？」

通学鞄に手を突っ込みゴソゴソすると、興味を引かれた扇奈が覗き込んできた。

そんな彼女の顔面に、消臭スプレーを思い切り吹き付けてやる。

「フギャア！」

柑橘系のにおいがバッと広がる中、扇奈が尻尾を踏まれた猫みたいな悲鳴を上げた。

「なにすんのよぉっ!?」

「俺もバカじゃないんだ。お前のしょーもないからかいの対策くらいは立てる」

顔を懸命に拭いながら睨んでくる扇奈に対し、得意げに細身のスプレー缶を見せびらかす。

服を奪われたのは一度や二度ではない。そして、代替品として扇奈が着ていた服を寄越せと言って、あれやこれやと言い訳されて断られたのも一度や二度ではない。一つや二つ、返し手を思いつかなかったらどうかしている。

「ほれ、さっさと脱げよ。お前のにおいが消えるまで、バッシャバシャに吹きかけてやるから」

「い、イヤよ！　これも私のものなんだから！」

「ふざけんなよテメェ！　それは元々俺のなんだ。今日は肌寒いんだからとっとと返しやがれ！」

劉生と扇奈は下駄箱の前で、セーターを渡せ渡さないと言い合いを展開し続ける。

その最中、野次馬たちのヒソヒソ話が耳に入ってきた。

「ねえねえ、あの二人、朝からなんでイチャついてるの？　あそこまで堂々とイチャつけるって逆にすごいよね」

「知らないの？　先輩が言ってたけど、二年で有名なバカップルなんだって」

「あー、バカップルなんだ」

……イチャついていないし、バカップルでもないんだが。

簡潔極(きわ)まりない説明と、それに即座(そくざ)に納得する一年生と思(おぼ)しき女子生徒たちに、大声で否定したくなる。

しかし、仮にそうしても、ちっとも説得力を得られないのは自分でもわかっている。彼女たちが言うとおり、こんなバカみたいなことを公衆の面前でやるのは、バカなカップルくらいだ。

だが、劉生と扇奈は付き合っていない。恋人(こいびと)ではない。あくまで、小学校からの付き合いの友達。それだけだ。周囲がどのように見ても、それ以上でもそれ以下でもない。

「脱がないならお前ごとスプレーをぶっかけまくってやる」

「それは衣類用で、人間にかけちゃいけないやつじゃないの!?」

「うるさい。黙(だま)れ。盗人(ぬすっと)に人権はない」

「なにそのディストピアな法律!?」

結局、劉生と扇奈の舌戦は予鈴が鳴るギリギリまで続けられた。

放課後、劉生と扇奈は当てもなくその辺をブラブラと歩いていた。

「暇だなー」

「暇だねー」

劉生のボヤキに扇奈も同じ言葉を返す。

授業中ずっと、今日の放課後は何しよう？　と考えていたが、結局ロクな案が思いつかず、意味もなくただ歩くだけになってしまっている。

今日に限らず、劉生と扇奈の放課後はだいたいこんなものだ。

楽しくないわけではない。

扇奈は長い付き合いで、しょうもない言い合いはしょっちゅうするが、気安い友達だ。親友と言ってもいい。親友とならダラダラと喋っているだけでも楽しいものだ。実際、今も暇だなと言い合っているだけだが、楽しくないわけではない。

だが、当てもなくブラつくだけというのは、自分が根無し草であるような錯覚を覚えてしまい、何とも空虚な感覚に囚われてしまう。いや、実質的に劉生は根無し草のようなものだ。自宅は、およそ劉生にとって落ち着ける場所ではないのだから。

コンビニで扇奈が買い物をするのを待つ間、漫画雑誌ではなく、賃貸住宅情報誌を手に取ってしまうのは、そういう自分をしっかり自覚しているからに他ならない。

「あれ？　まーたアパートの雑誌を読んでるの？　一人暮らしなんてできっこないのに」

買い物を終えた扇奈が、劉生の顔と誌面の間にひょいと顔を突っ込んできた。

「見るだけならタダだし、別にいいだろ」

少々ムッとしつつ、雑誌を棚に戻す。

扇奈の指摘は正しい。高村家の経済状態では、とてもではないが一人暮らしなんてできない。するとしたら、就職してきちんとお金を稼げるようになってからだろう。しかし、それはだいぶ未来の話だ。だったら、せめて雑誌を眺めながら夢想するくらいは許してほしい。

「あんな家、とっとと出て行きたいが、父親はともかく、母親には迷惑かけたくないしな」

コンビニの自動ドアをくぐり出ながら、嘆息する。

「劉生の家、狭いもんねぇ。出たいっていう気持ちはわかるよ」

隣を歩く扇奈もうんうんとしたり顔で頷く。

「お前の家と比べたら、そりゃあ狭いだろうよ」

扇奈の家は鉄筋コンクリート製の三階建てで、とにかく立派で大きい。対して劉生の家は、築三十年のオンボロアパートだ。比較することすらおこがましい。

それに、劉生が家を出たい理由は、家が狭いから、ではない。

「それはそれとしてだ」

家の話をしたくない劉生は、わざとらしく扇奈の手の中を見た。

「それはなんだ？」

「え？　ホットスナック。美味しそうだったから」

彼女の右手にはフライドチキン、左手にはメンチカツが握り締められている。ついでに、手首にひっかけられた小さなレジ袋には肉まんが入っていた。

「それ、全部食べる気か？」

「そのために買ったんだもん」

当然のようにしれっと言う彼女の目に、曇りは一切ない。

奪い返したセーターの襟元を直しつつ、劉生ははぁあと疲れたため息をついてみせた。

「お前なぁ、今朝自分で花の女子高生とかなんとか言ってただろ。女子高生が両手に食い物を握り締めて天下の往来を歩くなよ。見ろ、道行く人がすごいものを見る目でお前を見ているぞ」

実際、扇奈が両手に食べ物を持って食べ歩きをすると、ジロジロと見ていく通行人は多い。普通に考えて、女子高生が両手に揚げ物を握ってバクバク食べていたら目立つ。劉生もそんな女子高生と遭遇したら、ものすごく食い意地張ってる女子がいると見てしまうだろう。

ところが、フライドチキンとメンチカツを交互に頰張る扇奈の返答は、実に素っ気なかった。無味乾燥と言ってもいい。

「別に他人の目なんかどうでもいいもん」

「もう少し他人の目を気にしようぜ」

「私、友達の劉生以外どうでもいいし」

冗談で言っているのではない。心底本気で彼女は言っている。

「あのなぁ」

と、さらなる説教の言葉を重ねようとして、その言葉をグッと飲み込む。このことについて彼女を叱るのが酷なのは、重々理解していた。

彼女が劉生以外の他人なんかどうでもいいと平然と言い切るのも、サイズが全然合っていないセーターを着ているのも、それなりの理由がある。

小学校の頃の扇奈は、見た目も中身も男の子と大差ない子供だった。半袖半パンでその辺を駆けずり回っていた。友達も非常に多く、男の子も女の子も関係なく、多くの友達を引き連れて公園や校庭、あるいは友達の家で遊びまくっていた。当時の劉生は扇奈にとって、そんな多くの友達の一人でしかなかった。

だが、中学に上がった頃、それは劇的に変わってしまった。

扇奈が二次性徴を迎えたのが、そのきっかけだった。二次性徴は誰もが通る道だし、当然のことだ。成長の証でもあるのだから、めでたいことでさえある。

しかし、彼女の場合、あまりに劇的過ぎた。アヒルの子が白鳥になるどころではない。くすんだ灰色の雛鳥が極彩色のフェニックスになるほどの変化が起きたのだ。

ほんの数か月前までただのガキだった彼女は、魔法でもかけられたかのようにどんどんと大人びた容姿になり、美しく成長していった。そしてそれに伴い、胸もどんどん大きくなっていった。今の子供は発育がいい、なんて言われるが、彼女のケースはそんな言葉では片づけられなかった。中学一年の時点で巨乳アイドル以上のたわわな胸へと育っていった。他の女子がブラジャーをつけるかつけないかの頃に、扇奈だけが大人の女性が着けるような色っぽいブラジャーをつけていた。

当時の彼女はとにかく浮いていて、目立っていて、強烈だった。

他の女子が持ちえない美しさと色気――あけすけに言えば、エロさがあった。ほんのちょっと前まで一緒にワーキャアと騒ぎ遊んでいた男友達は、扇奈を友達ではなく性的対象として見るようになってしまった。

それは仕方がないことかもしれない。性に興味を持ち始めた思春期に、ものすごくエロい美少女が出現したのだ。雄として、興味を持たない方がどうかしている。ちょっとした動きで揺れる胸にいちいち反応し、制服から透けるブラジャーでドキドキしていた。

当時、男子はみんな扇奈に恋をするか、エロい目で見ていただろう。

そして、女子たちはそういう扇奈を妬んだ。男子の注目を一挙に集めてしまったのだ。同じく思春期を迎え、雌として開花し始めた彼女たちにとって面白いはずがない。彼女たちは扇奈に冷たい態度を取り、距離を置くようになり、いじめさえ行うようになった。

体は成長しても心はまだまだ子供だった扇奈は、突然変わってしまった周囲の態度に理解が追いつかず、混乱し、恐怖した。どうすればいいのかもわからず、小学生の時と同じようにみんなと接しようとして、男子にも女子にも撥ねのけられた。

そして、扇奈の周囲には友達がいなくなった――ただ一人を除いて。

劉生だけが、扇奈に対する態度を変えなかったのだ。揺れる胸なんかお構いなしにキャッチボールをしたし、色香より持っているゲームソフトの方が気になった。

理由は実に単純。その時、劉生はまだ思春期を迎えていないただのガキだったからだ。背も低く、性に関して興味も知識もなかった。美少女なんかより漫画の続きの方が気になったし、おっぱいよりゲームの世界でレアモンスターをゲットする方が重要だった。

しかし、高校二年になった劉生は子供ではない。

身長は扇奈を追い越したし、声変わりもした。エロいことにだって、ものすごく興味がある。

扇奈の色気や胸が気にならないと言ったら、大嘘になってしまう。

にもかかわらず、劉生は小学校の頃と変わらない関係を継続していた。言い方を変えれば、劉生は扇奈の友達を辞めるタイミングを逸し続けている。

嫌々友達をやっているわけではない。

扇奈はいい奴だ。

劉生の食生活が貧弱だと知るとお弁当を作ってくれるようになったし、家に帰りたくない劉生に付き合って放課後のブラブラ歩きにも付き合ってくれる。バカップルと揶揄される彼女とのやり取りも嫌いではない。

劉生にとって、扇奈は大切な友達だ。それは間違いない事実である。

「まあ、買い食いはいいけど。でも、今朝みたいなのはやめてくれ。お前は平気でも俺はめちゃめちゃ恥ずかしい」

「今朝の、って下駄箱でのこと？」

「そうだよ、下駄箱でのことだよ。おんぶしてきたり耳をかじってきたりしやがって」

扇奈が言ったとおり、劉生は今日一日クラスメイトにいじられまくった。

今朝の出来事を思い返して頬が赤くなる劉生を見て、扇奈はニンマリと満足げに笑った。

「そっかそっか。やっぱり劉生ってば、恥ずかしかったんだ。今朝はお弁当に屈したみたいなことを言ってたけど、おんぶの方もしっかり効果あったんだね。あー、よかった」

楽しそうにメンチカツを頬張る彼女を横目で見ながら、劉生はくたびれたため息をついた。

やっぱりこいつ、わかってないな。

扇奈は過去の経験から、性的なものや恋愛に関心を示さない。嫌いですらなく、無関心なのだ。

いじめさえ受けたつらい経験があれば、そういう風になってしまうのは仕方がないと思わなくもない。だが、時折それが、劉生に対し迷惑な方向に発露することがある。今朝の出来事がその最たるものだ。

扇奈は、高校生にもなって公衆の面前でおんぶをされて耳をかじられたことが恥ずかしいと考えて、ああいうことをした。だが、クラスメイトにいじられた肝の部分はそこではない。扇奈の大きな胸を背中に押し付けられたことだ。校内随一と言われている扇奈の胸の感触を背中でたっぷりと味わったことを散々いじられた。

扇奈はそこを理解していない。否、理解しようとしない。

だから劉生も小学校の頃と変わらない友人であり続けるのだ。彼女の体にエロさを覚えたとしてもひた隠しにし、間違っても手を出そうとはしない。もしそんなことをすれば、彼女にとってはひどい裏切りになってしまう。中学時代にガラリと態度を変えたかつての友達連中と同類ということになってしまう。

『扇奈とはずっと友達でいよう』

中学時代、彼女の涙を見た劉生は、そう誓った。

「あのな、ああいうことは友達同士じゃしないんだよ。学校であんなことをやってる奴を見たことあるか？」

「でも、漫画なんかじゃよくあるじゃない」

「漫画は漫画。現実は現実だ。俺を友達だと思うなら、もうああいうことはするな」

「はぁい」

本当にわかっているのかいないのか、扇奈はふくれっ面になりながらフライドチキンを齧った。

「ところで、肉まんが冷めちゃうだろ。俺に寄越せよ」

「嫌よ。これは私のお小遣いで買ったんだもん。劉生も自分で買えばいいじゃない」

「その金がないんだよ。なのに三つも買いやがって。うらやましいんだよこのヤロウ」

「そんなの知らないってば。あ、こっちのフライドチキンならあげるけど。なんかイマイチなの」

「イマイチな上に食べかけを寄越そうとするな。つーか、もう一口分しかないじゃないか」

「なによ、劉生が物欲しそうにこっち見るからあげようとしたのに。私の慈悲の心を無にする気？」

「それを慈悲の心なんて主張したら、寺の坊さんに怒られるぞ」

などと、歩きながらくだらない言い合いをしていると、二人の横に一台の車がピタリと停車した。

「……ん？」

劉生は高校生なので車の知識がなく、その車種が何なのかわからない。だが、黒塗りでピカピカしていて高そうだ。政治家とかが乗ってそうな車だと思った。

その車を見た扇奈が呻く。

「げ。お父さん……」

「お父さん？　これ、扇奈の親父さんの車か」

なるほど、政治家が乗りそうな車なら、会社の社長が乗っていても納得できる。

嫌そうに顔をしかめる扇奈の横で、ウィンドウがゆっくりと下りていき、ハンドルを握る人物がはっきりと見えるようになった。

白髪が目立つ男性で、顔には深いしわがいくつも刻まれている。六十代にも七十代にも見えるほど苦労と疲労が染みついているが、実はまだ四十代なのを劉生は知っていた。

「扇奈、こんなところで何をしている？」

会釈する劉生を無視して、高そうなスーツをキッチリと着込んだ扇奈の父親は眼を鋭くして娘を問いただした。

「何って、ただの買い食いだけど」

平然と言う娘に対し、父親は眉をひそめる。

「やめなさい、そんなみっともないこと」

「お父さんには関係ないでしょ」

と、扇奈はこれ見よがしに残っていたフライドチキンに齧りついた。

伏見親子を眺めていると、知らず、複雑な表情になってしまう。

高村家の父親と息子ほどではないが、ここの家も親子関係は良好とは言えない。

原因は、両親の多忙さだ。伏見家は父親が社長、母親が副社長で会社を経営している。大企業ではないが、県内では名前が通った会社で、夫婦は娘をほったらかしで忙しく働いていた。会社を経営するなんて並々ならぬ努力と苦労が必要なのはわかるが、どんな理由であれ、ほったらかしにされている子供が嬉しいはずがない。結果、伏見家の親子の関係はギクシャクしたものになってしまっていた。

「お父さんこそ忙しいんじゃないの？　こんなところをフラフラしてないで会社で仕事したらどう？」

警戒する猫のように劉生の背後に隠れながら、扇奈が嫌みを言う。

そんな娘に父親は疲れた吐息を漏らしつつ、助手席を指し示した。

「乗りなさい。家まで送ってやろう」

「え、まだ帰るつもり全然ないんだけど……」

と、娘は言いかけて、何を思ったのか、後ろのドアを開け、後部座席に腰を下ろした。

「ほらほら、劉生も乗って乗って」

さらに、劉生の腕を掴んで車内に引っ張り込む。

「お、おい、俺は別にいいって」

気まずい関係の親子のドライブに同伴したいとは全く思わない。それに、劉生もまだ家に帰る気はなかった。

「いーからいーから。ドライブデートってことで」

「彼女の父親の運転する車でデートって男には苦行でしかないだろ。つーか、俺とお前でデートっていうのがまずおかしい」

バックミラー越しに突き刺さる扇奈の父親の視線が痛い。

劉生は扇奈の父親とほとんど会話をしたことがなかった。そうでなくとも、娘の男友達なんて、男親からしたら、彼氏に次いで面白くない存在だろう。同じ車の中にいたいはずがない。

「あ、あの、降りますから俺」

「いや、構わない。君の家は塚原町の方だったな」

慌てて車外に出ようとしたが、意外なことに扇奈の父親はそれを制した。カーナビを操作して、アクセルをゆっくりと踏み込む。

重い空気の車内で、油臭いメンチカツをバクバクと食べる扇奈が口を開いた。

「ところでお父さん、なんで運転しているの？　いつもなら運転手さんに運転してもらって後部座席でふんぞり返っているじゃない」

娘のひどい言いように父親がわずかに顔をしかめる。

「別にふんぞり返っているわけじゃない。車内でも書類のチェックや打ち合わせの電話をしている。今は私用だからな。社員である運転手を使うのは、公私混同になる」

「私用？」

「桜ヶ丘の家に行ってきた」

扇奈は油がついた指をなめるのを止めて、

「桜ヶ丘の……っておじいちゃんの家？」

「ああ。様子を見てきた」

「私もずいぶん行ってないなぁ」

懐かしそうに天井を見上げる娘の言葉に、父親は前方から目を離さないまま、わずかに首肯した。

「私もそうだった。やはり人の手が入らない家はどんどん傷んでいくな。費用が掛かってしまうのは痛いが、あのまま放置するわけにもいかない。来年取り壊す」

父親は淡々と事務報告でもするように無感情に言ったが、娘の方は「え」と悲鳴に近い小さな声を漏らした。

「おじいちゃんの家、壊しちゃうの？」

「本当はもっと早くに壊すべきだったが、忙しくてついつい引き延ばしてしまっていた」

「でも、あそこはおじいちゃんが大事にしていた家じゃない」

「住む人間がいない家を、お金を掛けてまで維持しようとは思わない」

「そんなの……」

素っ気ない父親の言葉に扇奈は何か言おうとしたが、的確な言葉が見つからなかったのか、結局、むすっとした表情で口を噤んでしまった。

「ちょ、ちょっと」

高そうな車の中で小さくなっていた劉生だったが、会話の切れ目に自分の言葉を差し挟んだ。親子の会話の邪魔はしないようにしよう、と沈黙を貫いていたのだが、我慢できなくなってしまった。

「おじいちゃんの家って、あそこか？　北区の小さな山の真ん中あたりにある古い家の」

「そうだよ。あれ？　劉生って私のおじいちゃんの家、知ってるんだ」

どうして知っているの？　と扇奈が目を丸くする。

「小学校の頃、お前が連れて行ってくれただろ」

「そうだっけ？」

まるで記憶にないらしく、うーんと首を捻る。

「小学校の頃は家政婦さんもお願いしていなかったから、おじいちゃんにはよく預けられていたけど、劉生を連れて行ったことあったっけ？」

「ほんの数回だけどな」

劉生は強く頷いたが、それでも扇奈は思い出せないようだった。無理はない。彼女からすれば、おじいちゃんの家に友達を連れて行った、それだけのことだ。

だが、劉生にとっては大きな出来事だった。もう顔も思い出せなくなりつつあるが、それでも、言ってくれた言葉、教えてくれたことは劉生の血肉となっている。

「ふーん、そっかー」

その時の出来事を思い返していると、なぜか扇奈が嬉しそうに顔を覗き込んできた。

「……なんだよ」

「んー、あのね、私って小学校の頃は友達多かったじゃない？」

「多かったなぁ」

小学校時代の扇奈は、友達が本当に多かった。中学に上がってぼっちになってしまうなんて、誰が予想しただろうか。

「でも、他の友達をおじいちゃんの家に連れて行ったことなんてないの。それなのに、劉生を連れて行ったってことは、やっぱりあの時から劉生は特別だったのかなー、なんて」

「わざわざ北区まで付いていくほど暇なのが、俺しかいなかったんだろ」

「あれ？　その考え方はちょっと悲しくない？」

「お互い、今も昔も暇人だろ」

「私たち、暇人コンビだもんね」

フライドチキンとメンチカツを食べ終えた扇奈は、なぜか嬉しそうに笑い、残っていた肉まんを二つに割って片方を劉生に手渡してくれた。

彼女は冷めた肉まんを頬張りながら、こちらの顔をジッと見つめていたが、

「そーだ。お父さん、目的地変更。その辺のバス停で降ろしてよ」

「バス停？　……もしや、桜ヶ丘に行くつもりか？」

話の流れで察した父親の声が一段低くなる。

「うん、おじいちゃんの家、私も見たくなっちゃった。劉生も見たくない？」

「そりゃ、多少は」

扇奈の父親の灰色の後頭部をちらりと見つつ、遠慮がちに頷く。取り壊されてしまうなら、その前に一度見ておきたい。

「じゃあ決まりだね。お父さん、バス停で降ろして」

娘が適当に歩道の方を指差すと、父親は運転しながら数秒黙考したが、

「いや、ならば、このまま送ってやろう」

と言い出してくれた。

「ありがたいけど……、お父さん、たった今そこから帰ってきたんじゃないの？」

「車ならすぐだ」

そう言って扇奈の父親はハンドルを大きく切り、進路を変更した。

川に沿って北上するルートを車は走っていく。

北区って何かあったっけ……？

流れる風景を車窓から眺めながら、ぼんやりと考える。

近年、市の中心部、特に笠置駅周辺は再開発が進んでいて非常に活況だ。高層マンションや商業施設が、雨後の竹の子みたいにドンドン建設されている。

それに対して北部は、山と畑と田んぼと古い住宅街しかない。はっきり言えば、行政から再開発する価値も必要性もないと烙印を押された地域だ。

段々寂れていく町の中を走ること十数分、車は路肩に寄せられてゆっくりと停まった。

「久しぶり、だな」

車を降りて小山を見上げつつ、ポツリと呟く。

『桜ヶ丘』という地名が付けられているが、劉生に言わせれば、ここは山だ。中腹までは色褪せた古臭い民家がびっしりと立ち並んでいるが、中腹を越えると人工の建築物はさっぱりと消え失せ、こんもりとした濃い緑に覆われている。ところどころにアクセントのようにある桜色は山桜だろうか。

目から送られてくる懐かしい風景が体の奥深くにすうっと染み込み、脳の奥深くに眠っていた記憶が揺り起こされる。

五年前のことだ。たった数回しか来たことはない。だが、その数回に救われた。

「やっぱり、来たことあるんだね」

続いて下車した扇奈がちょっと嬉しそうに微笑む。

「記憶はだいぶ曖昧になってるけどな。あの辺に家があったような気がする」

山の中腹にある、民家と緑の境目辺りを指差す。

「せいかーい」

「じいちゃんって、確か小六の時に亡くなったよな。あれから家はどうなっているんだ？」

「ずっと空き家だ。父が亡くなってからは、住む者がいなくてな」

パチパチと拍手する扇奈ではなく、父親の方が劉生の質問に答え、そのまま先頭に立って坂道を歩き出した。

旧伏見家へは、まだ坂道を歩かなくてはならない。細くジグザクに曲がりくねったきつい坂道なので、車は入ることができないのだ。

「静かだな……」

「なんか、ちょっと怖いね」

古い家々が並んでいるが、驚くほど人気がない。

作り物の町にいるような、いや、死者の町にいるような錯覚を覚える。家々は一様に朽ち果てていて、ひどい家は蔦や苔にすっぽりと覆われてしまっている。まだ夕方なのに厚いカーテンが閉め切られていたり、戸や窓に木の板が打ち付けられたりしている家も多い。ゴーストタウンとはこういう町を言うのだろう。

「なあ、なんで親父さんは家を処分したいんだ？　親父さんにとっては実家だろ？」

ひっそりと静まり返った古い家々を眺めながら、隣を歩く扇奈に尋ねた。

すると彼女は、前を歩く父親を気にしつつ小声で、

「だからこそよ。お父さん、あの家が大嫌いなの。でも、全然買い手がつかないし、家を壊すにしてもお金が掛かるから、ずっと放置していたの」

「まあ、この辺って売れそうにないよな……」

劉生に不動産の知識などないが、それくらいはなんとなくわかる。高層マンションもなければ鉄筋コンクリートの新築の家もない。五年前に来た時と家並みが全く変わっていない。ただ無意味に五年分の時を重ねて老朽化しているだけだ。

だが、そのおかげで忘れかけていた子供の頃の記憶を思い返すことができた。

あの時も、緑を含んだ風を受けながら、この険しい坂道をえっちらおっちらと登って行ったのだ。

「――ようやく到着だ」

昔の記憶を紐解きかけていた劉生だったが、ハンカチで額の汗を拭う扇奈の父親の声で現実に引き戻された。

「やれやれ、一日に二回もここに来るとは思わなかった」

「うわぁ、本当にだいぶ傷んでいるね」

伏見親子がのんきな感想を述べている傍らで、本来この場所に一番関係が薄いはずの劉生は愕然としていた。

「これかよ……」

道中、朽ちた家々を見てきたので覚悟していたつもりだったが、いざ実際に目の当たりにすると、頭をぶん殴られたような衝撃を受けてしまった。

一言で言えば、それは廃屋だった。

鉄製の小さな門扉は塗料がすっかり剥がれ落ち錆び切っていて、ザラザラの茶色に変色しているし、生垣として植えられた椿も大半が枯れていて、その役割を全く果たしていない。家の方も木の壁は苔むしたり、朽ちて穴や隙間ができたりしてしまっている。玄関の引き戸もガラスにひびが入り、斜めに傾いてしまっている。そして、ある意味一番思い出深い庭も、占拠している茶色い枯草と緑の雑草が斑模様を描いていて、かつての面影はすっかり消え失せていた。

この家はこんなにボロかっただろうか？　——いや、違う。

あの当時から古く、あちこち補修の跡は見られ、粗末な家ではあった。だが、決してボロくはなかった。

「劉生！　劉生ってば！　大丈夫？」

「——あ？　ああ」

心配そうな扇奈に肩を揺さぶられ、我に返る。

「ちょっと、ビックリしてしまった」

「まあ、家というものはこういうものだ。人が暮らさないと、どんどん傷んでいく」

この家で一番長い時を過ごしたはずの扇奈の父親が、大した感慨もなく淡々と言う。

錆び付いた門扉を押し開き、敷地の中に入る。

「うーわ、戸の建てつけひどいことになってるねー」

父親を追い越した扇奈が玄関の戸を開けようとすると、ギギギ、ガリガリとおよそ戸からしてはいけない音が聞こえてきた。

家の中に入ると、饐えた埃と古い木のにおいがない交ぜになった独特のにおいが鼻を突く。そのにおいに不慣れな劉生は、セーターの袖口で口元を押さえながら家の中に入った。

外観はひどいものだったが、家の中はそうでもなかった。

厳密に言えば、ひどくなりようがない。何しろ、家の中は家財道具が一切ないのだ。

五年前、玄関を入ってすぐの土間には下駄箱があったし、土間を上がってすぐの居間にはテレビや卓袱台や茶箪笥があった。奥の仏間には仏壇や年中出しっぱなしの扇風機があり、炊事場にはガスコンロや冷蔵庫、電子レンジがあった。しかし、今はその全てがない。

扇奈の祖父が暮らしていた痕跡も証も一切合財全てが消え失せている。

あるのは、日焼けしてボロボロになった畳と、黄ばんでビリビリに破れた障子と、あちこちたわんで床下が見えてしまうほど隙間が空いた廊下くらいだ。

「これ、どうしたんだ？」

畳以外何もない、照明器具さえない居間の真ん中で扇奈に尋ねた。

「どうしたもこうしたも、おじいちゃんが死んだ後にお父さんが全部処分しちゃったのよ」

娘が責めるような口調で説明すると、父親はスーツのポケットからスマホを取り出しながら冷淡な口調で、

「持ち主が他界したんだ。家具や家電も処分するのは当然だ」

「お葬式が終わった次の日には処分しちゃったじゃない。あれはどうかと思ったよ」

「やるべきことはできる時にするべきだ。即決即行動が私の信条でもある」

扇奈がガタゴトと騒々しい音を立てながら雨戸を開けて、縁側から庭を眺められるようにする。

雑草だらけの庭だが、それでも過去を思い返すには十分だった。

そう、ここだ。この場所で扇奈の祖父からあの言葉をかけてもらったのだ……。

五年前のことだ。

十六年しか生きていない劉生には、五年という年月が長いのか短いのかわからない。だが、無慈悲な時間であるとは思い知らされた。

五年という時間があれば、思い出はここまで朽ちてしまうものなのか、と。

あまりに目の前の光景と記憶の中の光景が乖離している。

「あの、本当にこの家は取り壊すんですか?」

メールチェックでもしているのか、スマホの画面を厳しい顔つきで睨んでいる扇奈の父親に顔を向けると、彼はスマホから目を離すことなく鷹揚に頷いた。

「もちろんだ。本当は父が亡くなった後、すぐに家付きのまま売ってしまいたかったのだがな。こんな場所では買い手は現れなかった。そのうち売れるだろうと待っていたが、それも無駄だった。このまま放置してもひどくなるだけだからな。やむなく、だ」

「やむなく、ですか」

「取り壊しには費用が掛かる。おまけに、更地にすると税金が増える。だから放置していた。そういうことだ」

「だったら、このまま――」

「このまま放置したら、近所に迷惑をかけてしまうかもしれない。高村君ももう高校生だ。空き家が増えて、社会問題になっていることくらいは知っているだろう」

誰も住まず誰も管理しない古い空き家が、治安や景観、衛生面を悪化させ、近隣が迷惑するというニュースは劉生も知っていた。このまま放置すれば、この家もそういう問題を引き起こすかもしれない。そう考えたら取り壊すのは当然の判断と言える。

「…………」

反論の言葉が見つからず、劉生が黙ってしまうと、扇奈の父親はどこかに電話をかけ始めた。そして、通話相手と二言三言短くやり取りを交わす。

「すまない、会社に戻らなくてはいけない。二人とも車に戻ってくれるだろうか」

「ん？　んー」

スマホをスーツに戻しながらの父親の言葉に、埃が積もった障子の桟をツーッと指でなぞっていた扇奈が、チラリと劉生を見る。

「私たち、もう少しここにいるよ。帰りはバスで帰るし」

「こんな誰もいない家で若い男女が二人きりになるというのか？」

父親は眉間にしわを刻んで難色を示したが、娘の方も眉間にしわを作って詰め寄る。

「あのね、お父さん。私たち、今まで散々二人きりになってるの。でもね、これっぽっちも後ろ指さされるようなことはしてないから！」

「特に俺の方は一切していません。問題があるのはおたくの娘さんの方ですよ。今朝も公衆の面前で人の服を脱がそうとするし。しっかり教育してください」

劉生がそう言いながら、扇奈の頭をぺしぺし叩くと、彼女はぽかぽかと殴り返してきた。

「あれは大人しくセーターを渡してくれない劉生が悪いんじゃない！」

「ちょっと穴が開いたくらいで新しいの寄越せって図々しすぎるだろーが」

そんな二人のやり取りを見て、扇奈の父親は頭が痛いと言わんばかりに額を押さえ、

「二人が相変わらずなのはわかった。だが、くれぐれも変なことはしないように」

一応父親らしい釘を刺して、上ったばかりの坂道を一人下りていった。

扇奈の父親の後ろ姿が見えなくなるのを待って、尋ねる。

「送ってもらわなくてよかったのか？」

「まだ家に帰りたいって気分じゃないし。それに、劉生はもうちょっと見たいんでしょ」

「まあ、な」

長い付き合いだ。以心伝心、何も言わずとも察してくれた。

「でも、数回しか来たことないのに、劉生ってばこの家にそんなに思い入れあるんだ」

意外そうな扇奈の言葉に、わずかに苦笑(くしょう)する。

「この家そのものに思い入れはないって。お前のじいちゃんに感謝しているだけだ」

その感謝の契機(けいき)になった場所はこの家なので、そういう意味ではこの家に思い入れはあると言えるが……。

「でも、おじさんはびっくりするくらいこの家に興味ないんだな」

「ないっていうか、嫌いなの。さっき言ってたでしょ、結局この家は売れなかったけど、おじいちゃんのお葬式が終わった次の日には、家財道具をさっさと処分しちゃったって」

「それはすごいな」

「処分しきれなかったものもあるけどね。そういうのは、倉庫に放(ほう)り込んでいるんだよ」

「そういえば、倉庫とかあったな」

裏庭にそんなものがあったはずだ。フラフラと向かう。

裏庭には倉庫が二つあった。一つは倉庫というより納屋(なや)と表現した方が正しく、素人(しろうと)が適当に木材を組み合わせて作りましたといった感じの掘(ほ)っ立て小屋(ごや)だ。劉生が記憶していた倉庫はこっちだ。もう一つの方はホームセンターでよく売られているスチール物置で、こちらは初めて見るものだった。

「こっちはなんだ？」

のっぺりとした薄緑色に塗られた巨大な鉄の箱を指差すと、

「処分しきれなかった物を放り込むためにお父さんが新しく買ったやつ。とりあえずでもいいから家の中を空にしたかったんだって。その方が売れやすいって考えたみたい」

確かに、内覧してもらう際に、年寄りの生活感溢れる家よりは何もない家の方が印象はいいだろう。しかし、葬式の次の日にそこまでするとは。扇奈の父親はよほどこの家が嫌いなようだ。

「でも結局売れなかったからそのまま放置、ってことか」

この家の事情はわかった。

わかったが、どこか釈然としないものを感じてしまうのは劉生のわがままだろうか。

スチール物置には鍵がかかっていなかった。軽く押すだけで引き戸は滑らかに開く。

「……ガラクタばっかだな」

中を見ての素直な感想は、それだった。

古ぼけた鍋ややかん、傘、たらいといった、生前扇奈の祖父が日常的に使っていた道具の数々が乱雑に放り込まれている。処分できなかった、あるいは処分するのが面倒だった物を全部この中に入れたのだろう。フリマアプリに出品しても売れそうにない。

物置から隣に建つ納屋の方に視線を移す。こちらの納屋は元々古かったせいか、劉生の記憶の中のそれとさほど違いはなかった。曲がった柱に薄っぺらい木の壁、そして、こびりついてもう落とせそうにない土汚れ。

誘蛾灯に誘われる羽虫のように納屋の方へ行き、入り口をふさいでいる板——扉や戸、ドアとは呼ばないほど粗末だ——を横にずらした。

入った途端、乾いた土の香りを強く感じる。アスファルトに覆われた町で暮らしているとついぞ嗅ぐ機会がない自然の香りだ。

納屋は物置と違って綺麗に整頓されていた。壁には鍬や鎌といった農具が整然と吊るされ、のこぎりや金槌、果ては鉋といった工具が手作り感あふれる棚にきちんとおさめられている。棚の横には、レンガが山積みにされ、何かを組み立てるつもりだったのか、大量の木材も種類ごとに丁寧に分類されている。さらに、奥の方には教室にある足踏みオルガンみたいな機械がビニールシートで丁寧に梱包されて鎮座していた。

納屋は、扇奈の祖父が使っていた時そのままの状態で保存されているようだ。

導かれるように棚に置かれているのこぎりの柄を握る。

このこぎりだ。このこぎりで……。

「この家、来年には壊しちゃうのかよ。もったいないな」

のこぎりの柄の、妙に手に馴染む感触を懐かしみながら呟くと、扇奈は複雑そうな表情を見せた。

「私はおじいちゃん子だったから、この家には思い出たくさんあるよ。本心ではここが無くなるなんて嫌。でも、誰も住まない家を維持管理し続けるのが大変っていうのもよくわかるんだ」

そうなのだ、これは仕方がないことだ。このまま放置すれば、扇奈の父親が言っていたような空き家問題に発展しかねない。お金が掛かるにもかかわらず、それを危惧して取り壊そうとしている扇奈の父親は、むしろ立派だと言える。

劉生もその理屈は十分理解していた。

だが、その一方でどうしても納得できない劉生もいる。

偏に、扇奈の父親の態度が原因だ。

自分の実家を取り壊すのに、何の感慨もなく、淡々と壊そうとしている態度が気に食わない。周囲の意見に耳を貸さず、自分の理屈だけで勝手に物事を進めようとする大人にムカついてしまう。

「――なら、俺たちでここを修理しないか？」

だから、そんな言葉がするりと出てしまった。

「……え？」

思いがけない提案を耳にした扇奈が、ぽかんと呆気に取られた顔を晒す。

「このおうちを、私たちが直すの？　工業高校に通っているならいざ知らず、普通科しかない木ノ幡高校に通っている私たちが？」

「そうだ、俺たちがだ。おじさんはこの家がボロくなって近所に迷惑をかけたらヤバイから壊そうとしているんだろう？　だったら、ボロくなければ壊す必要はないってことだ」

子供のくだらない反抗心から出た思い付きだ。だが、口に出しているうちに、だんだん素晴らしい妙案に思えてきた。

これはいい考えじゃないか？　いや、それどころか、ものすごいアイディアじゃないか？

「ここを直したら俺たちの溜まり場ができる。毎日毎日どこに行こう何をしようって悩む必要なくなるだろ。ここで漫画読んだりゲームしたりできたらスゲーよくないか？」

劉生は目を輝かせるが、扇奈の曇り顔は変わらない。

「それは、悪くないけど……。この家、かなりボロボロだよ？　何もないんだよ？　それを大工でもない私たちが修理するの？」

「もちろん、できる範囲でだ。見たところ柱とか屋根とか家の大事な部分は傷んでいないみたいだし、この納屋には大工道具が揃っている。ネットで調べればなんとかなるって」

「私、ものすごく不器用だから役に立てそうにないいんだけど……」

「大丈夫、言い出しっぺの俺が頑張るから。もちろん扇奈にも手伝ってほしいけど」

劉生は自信たっぷりに自分の腕を叩いてみせた。

「う、うーん、できるのかなぁ？」

それでも扇奈は不安そうな表情を隠せない。

「……本気？」

「もちろん」

親友の問いかけに、劉生は迷うことなく強く頷いた。

§§§§§§§§§§§§§§§§

ギラギラと太陽みたいに目を輝かせる劉生を眺めながら、扇奈はうーむと唸ってしまった。

まさかこんなことになるとは思ってもいなかった。

劉生をおじいちゃんの家に連れてきたのは、なんだか来たそうに見えたからに他ならない。それ以上のことは微塵も考えていなかった。

扇奈としても、思い出のあるおじいちゃんの家が無くなるのは残念だ。

だが、だからと言って一介の高校生である自分たちで修理しようなんて、思いつきさえしなかった。なのに、劉生は思いついた。劉生らしいと言えばものすごく劉生らしいが、突飛なことを思いつくもんだと呆れもする。漫画っぽく言うなら、予想の斜め上をいく、といったところか。

でもまあ、そういうところも劉生のいいところなんだけどね。

やる気に満ちた劉生の横顔を見つめていると、自然と頬が赤くなり、心臓がトクンと鳴ってしまう。

——この恋心に気づいたのはいつだろう。

以前は、本当にただの友達でしかなかった。劉生はずっとずっと友達であり続けてくれた。ただ側にいてくれるだけだった。下らない話をして、一緒に遊んでくれるだけ。それ以上のことは何もしてくれない。しようともしない。

でも、それが何より嬉しかった。

どんな時だって劉生は劉生で、扇奈は扇奈のままでいられる。そういう関係が何よりも大切で、尊く、心地いい。

このままずっと一緒にいられたらいいな。

そう願っているうちに、扇奈は劉生に恋をしていた。

このままずっと一緒に、という願いは叶い続けている。中学生から高校生になっても、高校一年から高校二年になっても、劉生はずっと友達でい続けてくれている。

そのことはすごく嬉しいしありがたい。

でも、と思ってしまう。

やっぱり、恋人同士になりたい！

好きだよ愛してるって言い合いたいし、手をつないで歩きたいし、キスだってしたい。

だから、扇奈なりに色々やっているつもりなのだが、劉生にはちっとも伝わらない。

いくら親友だからって、それだけで毎朝早起きしてお弁当を手作りするわけないじゃない！　セーターなんかどこでだって買えるんだから、毎回毎回奪い取る理由くらい気づいてよ！　友達相手に公衆の面前でおんぶしたり耳を噛んだりするわけないじゃない！　胸はわざと当ててるに決まっているでしょ！

友達でいる時間が長すぎたのか、あるいは、こちらの中学時代のつらい経験を慮ってくれているのか。

確かに、中学時代は扇奈にとって地獄のような日々だった。思い返したくもない。だが、それはそれだ。過去を理由にこの恋心を諦めたり、なかったことになんかしたくない。そんなことをすれば、中学時代つらい思いをさせた連中に負けたみたいだ。

私は、劉生と恋人になって、思い切りイチャイチャして、幸せになってやる。

扇奈はそう誓ったのだ。

誓ったのはいいのだが……これがまあ、悲しくなるくらいうまくいかない。

暖簾に腕押し、糠に釘、豆腐に鎹。ちっとも努力に結果が伴わない。

これはもっと違う手を打った方がいいのではないか、と考えていた矢先に、劉生から提案されたおじいちゃんの家修理計画だ。

およそ高校生らしくない地味な活動である。当てもなくその辺をブラブラしている方がよほど高校生らしい。

しかし、その高校生らしいことを繰り返して、劉生は恋心に気づいてくれなかった。ひょっとしたら、ここだったら何かチャンスが得られるかもしれない。

何しろ、この家は誰もいない。ここに来れば劉生と二人きりだ。ここなら他人の目を気にすることなく色々できる。今まで以上に密着することだってできるし、劉生だって二人きりになったら、扇奈の色気にグッときて思わず押し倒しちゃうなんてことをするかもしれない。人の目という足枷が無くなったら、劉生だって獣になっちゃうかもしれない。いい！　そうなったら、思う存分何の遠慮もなくイチャイチャしまくれる！

「フ、フフフフフ……！」

ピンク色な妄想のせいで、思わず笑みが漏れてしまう。

「お、なんだ、扇奈もここを修理するのが楽しみになってきたか？」

「うん、ここなら色々できるかも、って考えちゃった♪」

劉生の言葉に、キラキラに輝く笑顔を返す。

「そうだよなー。この家、古いけど、まあまあ広いし、庭もあるしな。修理して快適空間にできたら、色々できそうだよな。スピーカー持ちこんでガンガンに音楽鳴らすとかやってみたいなー。俺んち安アパートだから、隣近所を気にしてボリューム絞らないといけないし」

「そうだね、そういうこともできるね♥」

笑顔で劉生の言葉に相槌を打ちながら、扇奈は全然別のことを考えていた。

この家に来る時は、必ず可愛い下着をつけてこよう！

「――到着、っと。三十分をちょっとオーバーするくらいかな？　うん、これなら自転車でも通えるね」

旧伏見(ふしみ)家に着いた扇奈(せんな)が、スマホで時間を確認(かくにん)しつつ、満足そうにうんうんと頷いた。

「……ゼェ、ハァ……！」

「バスを使ったら楽だけど本数少ないし、運賃バカにならないし、通うんだったら自転車使わないとね」

「……ゼェ、ハァ……！」

「今度からここに来る日は自転車通学だね。家に自転車取りに行くの面倒だし、タイムロスになっちゃうし」

「……ゼェ、ハァ……！」

「ちょっと劉生(りゅうせい)、何とか言ってよ！　これじゃ私が独り言を言ってるみたいじゃない！」

両手を腰(こし)に当ててプンスカ怒(おこ)る扇奈を、劉生は無言のままジロリと睨んだ。

無茶なことを言ってくれる！

劉生と扇奈は、次の土曜日を待って、旧伏見家の修理改修に取り掛かることにした。

わざわざ休日まで待ったのには、いくつか理由がある。

修理しようと決めたのはノリと勢いだが、修理までノリと勢いでやるわけにはいかない。色々と下調べや買い出しなど準備をしなければならなかった。

それから、自転車で旧伏見家に行く場合、どのくらいの時間がかかり、どのくらい疲れるかも計測しておきたかった。できるだけ交通費はかけたくないが、通うだけで時間と体力を消費してしまうようでは話にならない。二人ともここまで自転車で来たことがなかったので、余裕を持って行動できる土曜日に計測しようと決めたのだ。

時間に関しては、予想していたよりいいタイムを出せた。県道をまっすぐ北上すればいいという単純なルートと、北に行けば行くほど交通量も歩行者の数も減って自転車をかっ飛ばせたのが幸いした。

問題は、体力の方だ。

劉生は、一度も運動部に在籍したことがない生粋の帰宅部である。運動と言えば、片道三十分もかからない徒歩の登下校と体育の授業だけだ。安全にかっ飛ばせるからと、競輪選手でもないのに自転車のペダルを三十分以上全力で漕ぎ続けたら、あっという間に体力ゲージはゼロになってしまった。

止めを刺したのが、桜ヶ丘の曲がりくねった急こう配の坂道である。お荷物と化した重い自転車を押して上がれば、疲労困憊、息も絶え絶えの劉生が出来上がりとなった。

「劉生って、案外体力ないよね。そう言えば、子供の頃も私の方が駆けっこ速かったっけ」

同じ距離を同じスピードで走ったというのに、扇奈の方はけろりとしている。

理由は簡単、彼女の自転車が電動自転車だからだ。電気の力を借りれば、長距離だろうと坂道だろうとお構いなしに楽々スイスイである。うらやましいことこの上ないが、高村家の経済状況では、とてもじゃないが買える代物ではない。

これは、慣れるまでしんどいな……！

何もない居間の中央で大の字になりつつ、自分の体力のなさを痛感した。

言い出したのは自分だから、やめるつもりは毛頭ないが、当分大変な思いをしなくてはいけないようだ。

「扇奈、タオルとお茶をくれー」

倒れ込んだまま手を伸ばすと、扇奈はツツツと近づいてきて上から覗き込んできた。今日は休日だし、色々と作業する予定なので制服ではない。動きやすいパンツスタイルだ。

しかし、それでもダボダボセーターはしっかりと着込んでいる。

「ねえねぇ、汗を拭いてあげよっか？」

タオルとペットボトルを両手に持った扇奈の声はからかい調子のものだった。大きな胸のせいで見えないが、その顔はニヤニヤ笑っているのだろう。

「……そうだな、そうしてもらおうかな」

「い、いいの⁉」

変化球の返しに扇奈が色めき立つ。

「あー、待てよ。なんかお前、あとで汗拭いたタオルを嗅いだりしそうだな。やっぱやめとこ」

「…………」

「おい、そこで黙るなよ。マジっぽくてキモいだろ」

「な、なななななによ！　劉生の方こそ、私の使用済みのタオルがあったら顔をうずめちゃったりするんじゃないの⁉」

「いや、お前の汗まみれのタオルなんて汚くて触りたくもない」

「真顔で全否定するなぁッ！」

扇奈の手から放たれた中身入りのペットボトルが、劉生の頬をかすめて畳に突き刺さる。

「あぶなッ⁉　今お前本気だったろ⁉　殺意を込めて投げたな⁉」

「人の汗を汚いって言うからよ！　この間もツバが汚いって言ったよね⁉　女子高生の汗とツバなんて人によってはお金を払うわよ⁉」

「それは極めて特殊な性癖を持ったやつだけだ！」

「劉生もちょっと特殊じゃない！　最近緊縛とか人妻とかそういうのに興味あるくせに！高校生であれはどーかと思うんですけど！」

「お前、なんで俺の動画の検索履歴知ってるんだ⁉」

などと、しょうもないことを言い合っているうちに、自転車で失った体力も戻ってくる。

「――さて、そんじゃあ、いよいよ始めるか」

劉生の言葉に、おー、と拳を上げかけた扇奈がピタリと止まる。

「あのさ、出鼻挫くみたいで申し訳ないんだけど、ものすごく大切なことを確認させて。この家、お手洗いはどうするの？　電気ガス水道を使うのはやめようって決めたよね」

下調べをしている時に真っ先に話し合ったのが、その三つのインフラについてだった。

何しろ二人とも、その三つの恩恵を受けまくって育った現代人である。

特に電気が使えないのはかなり不便だが、結局使うのはやめようという結論に至った。

毎月毎月公共料金を払い続けるのは、親からもらう小遣いだけが頼りの高校生の財布にはあまりにきつい。それに、五年も使用されていないので、漏電やガス漏れが発生したらシャレにならないという危惧もあった。検査を依頼すればいいのだが、それにもお金は掛かる。そもそも、ガスコンロも家電もない家だ。メリットもそこまで大きくない。

水道は、幸いなことにこの家には手押しポンプが据えられた井戸があり、井戸水ならいくらでも使える。

「お金がかかるから電気ガス水道を使わないっていうのはわかるんだけど、トイレって水道や電気がないと使えないんじゃないの？」

「納屋にシャベルがあっただろ。あれで庭に穴を掘って――」

「庭でしろって言うの⁉　私乙女なんですけど⁉　劉生みたいにそのへんでホイホイできる体じゃないんですけど！」

「おいおい、その言い方だと、まるで俺がホイホイ立ちションしているみたいじゃないか。失礼なことを言うなよ」

「劉生の方がよっぽど失礼なこと言ってるからね⁉　嫌よ！　それは絶対に嫌！」

肩をポコポコ殴ってくる扇奈の目には、うっすら涙が浮かんでいる。本気で嫌らしい。

「すまん。ウソだ。俺が悪かった。トイレのことはきちんと考えている。下水道だけ契約しようと思っている」

「下水道だけ？　そんなことできるの？」

「できる。井戸水を生活用水にしている家は、そういう契約をするらしい。で、この家もそうしようかと。ほら、トイレに限らず、汚れた水を庭に捨てるのはまずいだろ」

修理に塗料や薬品を使った場合、それが混じった汚水が発生してしまう。それをその辺に捨てるのは自然によくないし、この家を大切にしてきた扇奈の祖父にも失礼だ。

「だから、汚水処理は水道局に丸投げしようと思う。調べたんだが、笠置市は下水道の利用料金はそんなに高くない」

使用水量にもよるが、二ヶ月で千円くらいで済むようだ。

「それはいいんだけど、トイレはそれだけじゃダメじゃない。流す水がなくちゃ水洗トイレは使えないよ。お水はどうするの？」

女性にとってトイレは非常に重要なものらしい。ものすごく真剣な顔で聞いてくる。

「そっちは人力だな。汲んだ水をバケツで運んで、トイレの貯水タンクに入れる」

「タンクの水を流すのに電気はいらないの？」

「水洗だけなら電気は必要ない。あれは単にタンクに溜めた水を重力を使って下に流しているだけだ。ウォシュレットは電気がないと使えないけどな」

「ウォシュレットないのかー」

扇奈が不服そうに唇を尖らせる。

「どうしてもって言うなら、旅行用の携帯ウォシュレットでも使うしかない」

「あと、バケツで水を運ぶのも面倒くさい」

「それは俺がやるよ。用を足したい時、声をかけてくれれば、その都度俺が水を運ぶ」

劉生は力持ちというわけではないが、それでも女子の扇奈よりは腕力があるつもりだ。

すると、扇奈が顔を赤くして、セーターの裾を握りながらモジモジとし始めた。

「え、あの、お手洗いに行く度に劉生に報告しなくちゃいけないの？　なんかそれってものすごく特殊なアレな感じがするんだけど……」

「他に方法ないんだからしょうがないだろ。俺はお前のションベンしたいとかクソしたいとかを察知できるピンポイントな超能力なんか持ってないぞ」

「ショ、ション……！　言葉を選べバカ！」

当然のことを言ったつもりだったが、扇奈はますます顔を真っ赤にして、劉生のわき腹を本気で殴ってきた。

「イッテェ！　何しやがる！」

「こっちの台詞よ！　何でそういうこと言えちゃうの⁉　劉生ってばマジでデリカシーないんだから！」

「トイレはどうするって聞いてきたのはそっちだろうが！」

「お手洗いは大事よ！　それプラス、女の子に対して、もうちょっと気遣いをしろって言ってるの！」

「女の子だったら人のわき腹を全力で殴るな！　マジで痛かったぞ今の！」

「劉生のわき腹なんかどうでもいいでしょ！」

「なんだと、やんのかコラ！」

こうなるともう止まらない。喧々囂々、また口喧嘩が勃発する。

結局、作業が始まったのは、三十分も後のことだった。


「――で、まずは何をするの？　言っとくけど、私は不器用だから小難しいこと言わないでよ」

セーターの余りまくった袖をまくり、髪を後ろでまとめてポニーテールにした扇奈が、両手を腰に当てて仁王立ちをした。ギャルっぽい雰囲気から一転、引っ越し準備のために気合を入れている新妻のように見える。

「ンなことは百も承知だ。安心しろ。扇奈でもできる作業からスタートだ」

扇奈は、それはもう漫画のキャラクターみたいに不器用だ。手先を使った作業は、料理以外は何をやっても失敗する。

長い付き合いの劉生はそれを嫌というほど知っている。彼女に難しい作業を任せようなんてサラサラ思っていない。

持ってきたリュックをゴソゴソとやり、用意しておいたものを扇奈に放り投げる。

「……軍手？」

「まずは、あれをどうにかしないといけないだろ」

自分の分の軍手をはめつつ、雑草が生い茂り放題の庭を指差した。

「げー、あれを全部抜くの？」

「じゃないと始まらない。やるぞ」

「はぁい」

数日前まで冬の名残があったが、本格的に春が活動を開始し始めたのか、昼前だというのにだいぶ暖かい。

劉生も着ていたパーカーを脱いでTシャツ姿になり、草むしりに取り掛かる。

旧伏見家の庭は、茶色い枯草と緑の雑草がほぼ半々の割合で占拠していた。

実際にむしってみると、枯草の方はさほど問題ではなかった。ちょっと力を込めると、ロクな抵抗もせずすんなりと抜けてくれる。

厄介なのは、春の息吹を受けて、現在進行形でスクスクと成長している若草たちだ。名前も知らない雑草たちは驚異的な粘りを見せ、大地に留まろうとあらん限りの力を振り絞って徹底抗戦を仕掛けてくる。おまけに、力加減を間違えると、茎や葉っぱだけが千切れてしまい、根っこは地面の中に居座ったままになってしまう。そうなると、根っことのセカンドバトルを繰り広げなくてはならなくなる。面倒くさいことこの上ない。

「しんどいー！」

草むしりを開始して三十分も経たないうちに、扇奈が悲鳴を上げた。

「きつい！　疲れる！　腰が痛い！　紫外線はお肌の敵！」

気持ちはわからなくはない。この草むしりという作業、想像していたよりもはるかに重労働だ。足腰にかかる負担が並大抵のものではない。

しかし、ここで彼女に同意したら、始めたばかりの壮大な計画が早々に頓挫しかねない。

「まだ始めたばっかだろ。頑張れよ」

うんざりという感情を押し殺しつつ、扇奈をたしなめる。

「それに、これはどう考えたって必須な作業だろ」

「わかるんだけどさぁ」

夏が近づけば、雑草はますます繁茂する。庭には物置やら納屋やら井戸があるから、毎日庭に出なければならないのに、雑草だらけでは移動するだけでも大変になってしまう。それに、草むらがあれば虫やトカゲが棲みつきかねない。最悪、危険な蛇が巣食うかもしれない。そしてなにより、このスペースを雑草どもに占拠されるのはもったいない。これだけの庭があれば様々なことができるはずだ。

「まあ、がんばろーぜ。頑張り続ければいつか終わる！」

「根性論言い出したー！」

ふえーん、と泣きそうな声を上げる扇奈を無視して、草むしりを続ける。

草の根元を掴んで引っこ抜く。草の根元を掴んで引っこ抜く。抜いた草が溜まったらかき集めて庭の隅に積み上げる。

その繰り返しだ。

地面が顔を見せる度に草と土のにおいが強くなっていく。アスファルトに覆われた道しか歩かない人間にとっては、ちょっと新鮮だし、懐かしい。

「……疲れた」

扇奈に聞こえないよう、小さな声でぼやく。抜いた草が一抱えもある山になったあたりで、体中が悲鳴を上げ始めた。筋肉をほぐすために体を捻ると、全身からメリメリと奇怪な悲鳴が上がる。

「これ、今日中には終わらないな」

庭を見渡しながら呟いた。

昼前だというのに、土がむき出しになっているのはせいぜい全体の一割といったところだ。本当は夕方前には終わらせて、そこからは別の作業をしようと考えていたが、その見積もりは甘すぎた。これは扇奈とスケジュールを相談した方がいいかもしれない。

「…………！」

話し合おうと彼女の方へ顔を向けた途端、ドキンと胸が高鳴った。

春の日差しの下でせっせと作業していて暑くなったのだろう。いつの間にかトレードマークのセーターを脱いでいた。白いTシャツにジーンズというひどくシンプルな恰好になっている。

そのせいで、彼女の体がどういうものなのか、ものすごくよくわかる。わかってしまう。

美しく、綺麗で、色っぽく、エロい。

よく友達やクラスメイトから扇奈の色っぽい恰好やエロい恰好を見ているんだろうとやっかまれるが、それは大きな誤解だ。扇奈はいつだって体型を隠すためのセーターを着ている。劉生だって、セーターを着ていない扇奈を見たことはなかった。

Tシャツからのびる白く細い腕は美しく、動く度に髪の隙間から見えるうなじは艶めかしい。細身のジーンズのせいでラインがくっきりわかってしまうお尻は健康的にキュッと引き締まっている。

そしてなにより、胸がヤバイ。前かがみになっているせいで揺れるその胸は、大樹に実る果実を思わせた。ものすごく大きくて、芸術的なまでに綺麗な曲線を描いている。あんなに綺麗で大きな胸はグラビアアイドルにだってそうそういない。

俺の友達って、やっぱりスゲーエロい体をしているんだな。

それが、劉生の素直な感想だった。

彼女から、目が離せなくなってしまう。

「――どうしたの？　劉生」

どれだけぼーっと扇奈を眺めていたのだろうか。

視線に気づいた彼女が作業の手を止めて、こちらを見てくる。

「い、いや、なんでもない」

慌てて草むしりを再開した。

「ふーん？」

が、勘のいい彼女はなぜ劉生の手が止まっていたのか、気づいてしまったようだ。お得意のニヤニヤ笑いを顔に張り付け、玩具を見つけた子供のように嬉々として近づいてくる。

「ねーねー劉生ー、なんで私を見てたの？」

「べ、別にお前のことなんか見てないって。自意識過剰だろ」

無駄なあがきとわかっていても、言わずにはいられなかった。

「へー、ふーん、ホントかなー？」

劉生の言葉をちっとも信じていない扇奈はねちっこい視線を送りながら、グルグルと周囲を回り始める。

「私はてっきり、薄着になっていつもと違う扇奈ちゃんにドキドキして見とれちゃったのかなって思ったんだけど」

こいつまさか、わざとセーターを脱いだのか……!?

普通は考えられない。真夏でもセーターを着続けるほど、彼女の自分の体に対するコンプレックスは重い。簡単に克服できるものではないはずだ。

だが、その一方でこの少女には別の性質もある。劉生をからかうためには、どんな犠牲や苦労もいとわないというものすごく迷惑な性質だ。

常識的に考えれば、コンプレックスの方が勝る。だが、このアホならば、ひょっとしたら、劉生をからかいたいという欲求が上回ってしまうかもしれない。

「ねーねー、今日の私、いつもと違っていてドキドキしちゃった？　綺麗だって思っちゃった？」

ものすごく楽しそうにグルグル回り続け、煽ってくる。

この女は……！

疑惑が、確信になっていく。

「まー、しょうがないよね。劉生も男の子だもん。可愛い女の子が突然薄着になったら興奮しちゃうよね」

回りながらペシペシと体のあちこちを叩いてくるのが、余計に腹が立つ。

劉生の性格的に、このまま言われっぱなしというのはあり得ない。この調子に乗っている親友に何か言い返してやらなければ。

楽しくて仕方がないと言わんばかりの扇奈の顔を睨みつけつつ、なんて言ってやろうかと考える。こういう場合、中途半端な言い訳や嘘は無意味だ。ガツンとダメージがある一言をぶつけてやらなければ効果はない。それくらい今の扇奈は調子に乗っている。

頭を必死に働かせて、何を言えばいいかと考える。

「うるさいバーカ！　この痴女が！」

「ち、痴女⁉」

考えて、考えて、考え抜いた末に口から出たのは、小学生レベルの悪口だった。

「ちょっと待ってよ！　薄着になっただけでなんで痴女呼ばわりされなくちゃいけないのよ⁉」

思わず足を止めた扇奈が、信じられないと抗議の声を上げる。

「お前な、気づいているのかいないのか知らないが、シャツが透けてエロいブラとかが見えてるんだよ」

扇奈の体そのものも気になっていたが、それと同等に気になっていたのが、Ｔシャツから透けて見えるブラジャーと、ローライズジーンズを穿いているせいでかがんだ時にチラチラ見えるパンツだった。扇奈がつけている下着は黒い下着なのだが、やたらレースがついていて、アダルトで、煽情的なのだ。端的に言えば、ものすごくエロい。

「な、なななな……！」

扇奈の顔が怒りと羞恥で真っ赤になる。

よし、ざまぁみやがれ……！

心の中でガッツポーズを取りつつ、一気にたたみかける。

「高校生でそんなエロい下着つけているなんて痴女だ痴女。この変態女！」

「わ、私が痴女で変態ですって……⁉」

「見せる相手もいないのにそんなのわざわざ買うなんて痴女に決まってるだろ。いやー、知らなかったわー。扇奈がそんな下着つけるような痴女だったなんてなー」

　勝ち誇り、調子に乗って罵倒を浴びせ続けると、扇奈がプルプルと震え出した。

「だ、誰のために選んだと思っているのよ……！　劉生が見ている動画を参考にして、喜びそうだと思ったから勇気を出してつけているのに……！」

「は？　なんだって？」

「あったまきた！　そんなに言うなら、劉生のTシャツ寄越しなさいよ！」

　激怒した扇奈が、引きちぎらんばかりの勢いでTシャツを引っ張ってくる。

「ちょ、ちょっと待て！　俺は着替えなんか持ってきてないんだぞ！」

「そんなこと知らないわよ！　上半身裸でいればー？　もちろん帰りも裸ね。そーなったら、劉生も露出狂の変態ね！」

「俺にそういう趣味はない！」

「私だって痴女呼ばわりされる筋合いないわよ！」

　雑草がボーボーの庭で、高校生二人がTシャツの争奪戦を繰り広げる。

「だいたい劉生が人のこと言えるの!?　薄着の女の子をジロジロ舐め回すように見ていたくせに！　ムッツリスケベ！」

「ハァッ!?　俺のどこがムッツリだってんだ！　つーか、ジロジロなんて見てねーよ！」

「いーや、ジロジロねっとりじっくり見ていた！　なんかもう、性犯罪者な目だった！」

「友達を勝手に犯罪者にすんじゃねぇ！」

そんなことを言い合っているうちに時間はどんどん過ぎていく。

やがて、雑草まみれになった劉生と扇奈は、肩で息をしながら睨み合っていた。Tシャツの争奪も舌戦も不可能なほど消耗し尽くした。もはや、草むしりをする体力も気力も残っていない。

「……除草剤を、使うことにするか」

「そう、だね……」

劉生の提案を扇奈が了承すると、二人は揃って草の山に倒れ込んだのだった。


旧伏見家の北側には、手押し式のポンプが据えられた井戸がある。

昭和を舞台にした映画なんかでたまに見るようなやつだ。劉生には、有名なアニメ映画で登場したのが印象深い。

旧伏見家にあるポンプは、アニメ映画に登場したものよりも一回り小さい。その上、元々は深緑色の塗装がされていたらしいのだが、長い年月と風雨のせいですっかり剥げ落ちて、哀れっぽい錆色になっている。お蔭で、アニメ映画のものよりだいぶみすぼらしい。きちんと動いてくれるか不安だったが、多少軋んだ音を立てつつもポンプ自体はちゃんと動いてくれた。

水を押す、とは不思議な感覚だし奇妙な表現だが、レバーを上下に動かして腕に伝わってくる感覚はそう呼ぶに他ない独特なものだ。グッ、グッと力を込めてレバーを動かし続けるとやがて透明な水が勢いよく吹き出し、緑色に苔むしたコンクリートの三和土の上で派手な飛沫となって舞い踊る。

その水で濡らしたタオルで体のあちこちを拭いて、劉生はふぅっと一息ついた。

水は冷たく、気持ちがいい。

「考えたら、井戸水使い放題って贅沢なことだよな」

電気もガスも使えない旧伏見家だが、この井戸があるのは幸運だった。水が自由に使えるというのはかなり大きい。

それに、ここの水はなかなか水質がいいようだ。貧乏舌の劉生にはミネラルウォーターの味なんてわからないが、それでもここの水が水道水よりずっとおいしいことはわかった。

草むしり中に空にしてしまったペットボトルに新鮮な井戸水をたっぷり詰めて、縁側の方へ戻る。

「お待たせ。飯にしようぜー」

とっくのとうに一時を過ぎていた。口喧嘩がことのほかヒートアップしてしまい、昼食もとらずにこんな時間になってしまっていた。

「…………」

まだお茶があるからと井戸に行かなかった扇奈が、じぃっと劉生のレジ袋を見つめている。

「扇奈？」

声をかけると、警戒心が強い猫のようにシャッと飛びのき、居間の奥の方へ引っ込んでしまった。

「どうかしたか？」

「……別に」

プイ、とそっぽを向く。

まださっきの口喧嘩を引き摺っているのだろうか？　喧嘩両成敗ではないが、お互い謝って手打ちとしたはずなのだが。

何が原因だろうと、部屋の隅からこっちを窺う扇奈をしばらく眺めて思案したが、すぐに考えるのをやめた。腹が鳴ったのだ。

「弁当弁当、と」

レジ袋をガサガサ言わせて、コンビニ弁当を取り出す。普段は手に取ることもないが、今日は気紛れに買ってみた。ジャンクなものが食べたくなる時だってある。

「いただきます」

合掌して、割箸を割った。

ペラペラに薄いくせにやたら甘ったるい玉子焼き、油でギトギトのハムカツ、着色料たっぷりで隣のポテトサラダも赤く染めるウインナー。どれもが味が濃く脂っこく、体に悪そうだ。

だが、これこそコンビニの弁当である。美味しいとは思えないが、たまに食べると妙な充足感と懐かしさを覚えてしまう。小さな頃、散々食べたせいかもしれない。

「ごちそうさま、と」

あっという間に空にして、容器を割箸ごとレジ袋に放り込んだ。

冷たい井戸水を喉に流し込みながら、さて、午後はどうしようか、などと考える。やるべきことやりたいことはたくさんある。

「――ねえ劉生」

「うぉっ⁉」

耳元で名前を呼ばれ、ビクッと震えてしまった。

考え事に集中している間に、四つん這いの扇奈がすぐそばにまで近寄ってきていた。

猫みたいな姿勢のせいで重力に従ったTシャツの胸元が大きく開いている。首筋から鎖骨、そして滑らかに膨らんでいく稜線も見える。そのまま視線を奥に注げば、谷間まで見えてしまいそうだ。

先程、透けるだなんだので散々やりあったというのに、まるで無防備だ。劉生相手にいちいち気にするのが面倒くさいのか、それとも、そんなことよりももっと気になることがあるのか。

「な、なんだ……？」

「あのね、聞きたいことがあるんだけど」

見ちゃいけない、と思いつつも、視線がそこへ引っ張られそうになる。

そうならなかったのは、扇奈によって顔を掴まれ、強引に自分の顔へ向けさせられるという物理的な要因のおかげだった。

「私、お弁当作ろうかって言ったよね？」

「お、おう、言ったな」

いきなり何を聞くんだろうと思いつつ、不自由な状態のまま首を縦に動かす。

「劉生はそれを断ったよね？」

「そ、そうだな。断った」

扇奈は学校がある日は毎日劉生の分の弁当も作ってくれる。料理の毒見役兼、毎度毎度強奪するセーターの代金ということで、その弁当はありがたくいただいているが、さすがに休日まで作ってもらうのは悪いと遠慮したのだ。

質問の意図がわからず、ぎこちなく相槌を打つと、扇奈の細い眉が段々吊り上がっていく。

「その代わりが、これなの？」

コンビニ弁当の空容器を指差す。

「たまには、こういうのもいいかなって……」

「こんなものが劉生の胃に……！」

恐る恐る言った劉生の答えは、扇奈にとってひどく不満足なものだったらしい。声に怒気を孕ませつつ、ゆらりと立ち上がる。そして、劉生の顔を掴んでいない方の手を握り固めて見せた。

「殴っていい？」

「は？」

一瞬、何を言っているのか、わからなかった。

「具体的には、胃の辺りを殴りたいんだけど」

「何を言い出すんだお前!?　そんなことをされたら、今食べたものが全部出ちまうだろうが！」

腹を両手で守りながら叫ぶが、扇奈はなぜか嬉しそうに声を弾ませる。

「全力で殴るね♥」

この女、本気で殴る気だ！

顔を掴んでいる手を慌てて振りほどき、転がるように逃げ出す。

「えいっ！」

扇奈の拳が古い縁側をバキリと打ち砕き、バラバラになった木片が庭に落ちていく。

「オオイッ!?　ガチで殴りにきてるな!?」

「当然じゃない」

笑顔でサラリと言うものだから余計に恐ろしい。

どうやら彼女の料理人としてのプライドを傷つけてしまったらしい。笑顔だが、先程の透けブラ云々以上に怒っているのがわかってしまう。

これは、全力で謝らないとマズイやつだ。

そう判断したら、即座にプライドを捨てる潔さを劉生は持っていた。

躊躇いなく額を畳にこすり付けて土下座する。

「わ、わかった！　謝る！　悪かった！　今度からコンビニ弁当は買わないから！」

まるっきり浮気がばれた亭主である。みっともないことこの上ないが、なりふりなんか構っていられない。こういう時の扇奈は本気で怖いのだ。本気怒りモードの扇奈に刻まれた心と体の傷は数え切れない。

「本当に、悪いと思っている？」

「思ってる！　扇奈の言うことを何でも一つ聞くから！」

「……なんでも？」

扇奈の動きがピタリと止まった。

「え、ええと、できる限りの、常識的な範疇で！」

嫌な予感がして、慌てて付け加える。

「……チッ」

舌打ちを聞いて、自分の危機感が正しかったと察する。

「ええと、劉生にしてもらいたいことかぁ。うーん」

扇奈は拳を握ったまま、居間を、破壊した縁側を、空容器が入ったレジ袋を、順番に眺めていく。そして、意外なお願いをしてきた。

「じゃあ、テーブルと椅子を作って」

「テーブルと椅子？　それは拷問機具の暗喩とかじゃないよな？　嫌だぞ、自分に使われる拷問機具を作らされるとか」

「劉生は、私を何だと思ってるのよ」

　扇奈が半眼で睨んでくるが、ぶん殴られそうになったばかりの劉生からすれば、警戒の一つもしたくなる。

「普通にテーブルと椅子だってば。ただし、一つ条件。椅子はベンチみたいに二人掛けの長いのにして。そういうの、作れるでしょ？」

「多分だけどな」

　この家には家具が一切ない。それに、色々修理をする前に工具の扱いの勘を取り戻したかったので、習作は作ろうと考えていた。テーブルと椅子を作るのに異論はない。

「だけど、なんで二人掛けなんだ？」

　劉生の当然の疑問に、扇奈が明後日の方を向きつつ口ごもる。

「ええと、それは……。その、なんていうか、そっちの方がチャンスがありそうっていうか……。そう！　二人掛けだったら横になれるじゃない！　お庭に出して、昼寝とかいいと思わない？」

「なるほど、昼寝か」

庭に長椅子を置いて、そこに寝転がる自分を想像してみる。悪くない。

「わかった。なら、テーブル一つと二人掛けの椅子を二つ作る」

「椅子は一つでいいから！　ほ、ほら、同じものをたくさん作るより、色んなものを作った方がいいでしょ。そこの縁側も直してほしいし」

扇奈が、たった今自分が破壊した縁側を必死に指差す。

「一つでいいならそっちの方が楽だけど……本当に一つでいいのか？　両方が同時に昼寝したい！　とか言い出したら争奪戦になるぞ」

「そこまで昼寝好きじゃないから！　いいから一つだけ作って一つだけ！」

ムキになって一つだけと繰り返す扇奈の頬は赤い。

何やら企んでいるような気もするが、下手につついてさらなる怒りを買ったら、渾身のストマックブローを放ちかねない。深くは追及せず、製作に取り掛かる方が身の安全上、吉だと判断した。

「わかった。わかったよ。喜んで作らせていただきます」

さっそく納屋からのこぎりやら使えそうな木材やら運び出し、スマホでＤＩＹのサイトを検索する。最初なので下手に凝ったものじゃなく、シンプルなものの方がいいだろう。

木材の長さを正確に測り、切るべき箇所に印をつけていく。そして、その印に沿ってのこぎりの刃を入れる。

「うまくできるか不安だな……」

数年ぶりののこぎりだ。少し緊張する。切断面がギザギザになったらみっともない。慎重にのこぎりを前後に動かしていく。

のこぎりを引く度に、徐々に、しかし確実に木材は切れていく。懐かしい感覚だ。小学生の頃、扇奈の祖父に見てもらいながらのこぎりを扱った時のことを思い出していく。そうだ、あれもこんな春の日のことだった——。

「——ねえねえ、背もたれに模様とか彫ったら可愛くないかな？　ハートとか」

子供の頃の記憶を呼び起こしそうになっていたところを、横で見ている扇奈が口を挟んできた。

「あとさ、座るところの幅がもうちょっと広い方がいいんじゃない？　それから、色塗りたいな。ピンクがいいピンク！」

最初のうちは我慢して聞いていたが、段々我慢できなくなってきた。

「ギャーギャーギャーギャーギャーうるッさいなこのヤロウ！　椅子なんて座れればいいだろう

が！」

「な、なによ、怒鳴らなくてもいいじゃない。どうせなら可愛い方がいいでしょ」

「ネットで公開されている設計図頼りにやっているんだから、ホイホイ寸法を変えられるわけないだろうが！」

「それくらいいいじゃない！」

「そんなに言うならお前も手伝えよ！」

子供っぽく頬を膨らませる扇奈の鼻先に、切っていた木の板をビシリと突きつけてやるが、

「私が料理以外では超絶不器用なのは知ってるでしょ！　板を木屑に変えるわよ⁉」

「胸張って言うんじゃねぇ！」

扇奈に邪魔されつつ、テーブルと椅子を作っていく。最初はぎこちなくのこぎりを動かしていたが、段々勘を取り戻していき、言い返しながらでもまっすぐ切れるほどになっていった。

「だいたい、ピンクなんてこの古くてボロイ和風の家に合うわけないだろうが！」

「女の子がピンク好きで何が悪いのよ！」

「お前好きなのは黒じゃないのかよ！」

「また透けブラのことを蒸し返す気⁉　このムッツリスケベ！」

「俺はムッツリスケベじゃねぇ！」

「ウッソだー。街で美人見かけたらチラチラ見るじゃない」

「そ、そんなことしてねぇよ」

「動揺してるじゃんか」

ブランクがある割にはなかなかの速さで製作できたが、結局完全な完成には至らなかった。扇奈のリクエストのハートの模様もピンクの塗装もできなかった。……できる時間があっても絶対にしないが。

ハートの模様があるピンク色の二人掛けの椅子なんて、完全にカップル専用だ。

そんな椅子、恥ずかしくて、とても使えない。

§§§§§§§§§§§§§§

「くそ、今日はここまでか」

紙やすりでテーブルと椅子をゴシゴシ擦っていた劉生が、暗くなり始めた空を見上げて悔しそうに舌打ちした。

「もうちょっとやりたいんだけどなー」

「これで十分じゃないの？　それとも、私のリクエスト通り、ピンク色に塗ってくれるのかな？」

縁側で足をバタバタさせていた扇奈が冗談半分に聞くと、劉生は真面目な顔をして首を振った。

「塗らねーよ。そうじゃなくて、ここら辺の形がまだまだだろ」

「……どこが？」

椅子なんて座れればいいだろう、なんて言っていたくせに、劉生は不満そうにテーブルや椅子のあちこちを指差す。芸術家気質というか職人気質というか……。

「ここの曲線がなー。もうちょい滑らかな方が、寝た時に背中に当たらないと思うんだ」

劉生は寝転がるための長椅子と信じきっているようだが、もちろんそんな用途のためにリクエストしたのではない。

二人で並んで座るためである。この家には椅子がこれ一脚しかない。二人が同時に使用することは極めて自然で当然になるはずだ。そして、並んで座っていれば、肩が触れたり肘が触れたりするのも当然だ。うっかり眠たくなって、肩にもたれかかって寝るのだって何一つおかしくない。さらにさらに、顔が近づいてしまうことだってあるかもしれない。

それでいい雰囲気になったら……！

うん、明日からブレスケアとリップクリームは欠かさないようにしよう！

テーブルの方も、もちろん目的はある。

座るという動作は、何も必ず椅子を使わなければならないわけではない。畳に座ることもできるし、今扇奈がしているように縁側だって座れる。その気になったら、地面にだって座れてしまう。つまり、絶対に椅子に座らなければならない状況を作らなければ、二人並んで座る確率は上がらないのだ。

そのためのテーブルである。

たとえば、タブレット端末をテーブルに置いて映画を見る時は、一緒に座らなければならない。ゲーム機を持ってきて協力プレイをする時も、一緒に座らなければならない。重箱や大型のランチボックスに料理を詰めて持って来たら、取り分けて食べるために一緒に座らなければならない。

どれも、想像するだけで胸が熱くなるシチュエーションである。

「フ……フフ……」

「ん？　どうかしたか？」

知らないうちに笑みが漏れ出していたらしい。集中していたはずの劉生が手を止めて、不思議そうにこっちを見てきた。

「んーん、なんでもない」

緩みそうな口元をぐっと力を込めて引き締めつつ、慌てて手を振った。

他にも、テーブルと椅子を活用したシチュエーションは色々ありそうだ。帰ったら、じっくりと検討しなければ。

「それより、本当に暗くなってきたよ。もうやめた方がいいんじゃない?」

本音を言えば一分一秒でも劉生と二人きりのこの時間を満喫したい。しかしあんまり暗くなると、手元が見えなくなって劉生が怪我をしかねないし、帰るのも大変になってしまう。……この家でお泊まりできるのなら、それはそれで大いに結構だが、今のこの家は宿泊するにはあまりに不足しているものが多すぎる。

「あー……そうだな。そうするか」

空を見上げた劉生が、残念そうに顔を曇らせながらも同意した。

空はもうだいぶ夕暮れから夜に近づきつつある。鮮やかな橙色は西の方に追いやられ、紺色混じりの黒色がじわりじわりと空を侵食しつつあった。

手早く片づけを済ませて、帰路に就く。

「うおおおおお！　日が暮れてからのチャリは寒いなー！」

自転車を走らせながら、劉生がなぜかちょっと嬉しそうに叫ぶ。

確かに夜風は冷たい。扇奈は日中脱いでいたセーターを着直しているが、頬や手を撫でる風がドンドン体温を奪っていく。

その冷たさが、扇奈に一つのことを気づかせる。

そっか、あったかい料理っていうのも悪くないなぁ。

今日コンビニ弁当に嫉妬したが、弁当ではなく、温かい出来立ての料理の方が喜んでもらえるはずだ。

しかし、そうなると問題も出てくる。

今のおじいちゃんの家にはガスも電気も通っていない。それはつまり、ガスコンロもIHクッキングヒーターも使えないということだ。

現実的に考えると、カセットコンロを使用するのがベターだが、正直あまり使いたくない。カセットコンロに使われるカセットボンベは結構使用時間が短い。本格的に煮炊きしたら、カセットボンベが何本あっても足りないだろう。むやみやたらに使いまくったら、ケチな劉生はもったいないと言うに決まっている。そうなったら、料理を作る以前の問題だ。かといって、お手軽時短料理なんて妥協したものを劉生に食べさせたくない。

「うーん、どうしたらいいんだろう？」

自転車のペダルを漕ぎながら、いい知恵はないかと頭を働かせるが、いいアイディアが思いつかない。

「――なあなあ、ちょっとホムセンに寄らないか？」

扇奈がウンウン唸っていると、隣を走る劉生がそんな提案をしてきた。

「除草剤買っておこうぜ。そしたら、明日行ってすぐに使えるだろ」

「うん、いいよー」

別に一日でも早く雑草を取り除きたいとは思っていない。だけど、劉生と別れる時間が先延ばしになるなら大歓迎だ。

進路を変更して、ホームセンターに立ち寄る。

自動ドアをくぐると、棚の整理をしていたエプロン姿の男性店員が二人に気づいて声をかけてきた。

「あれ？　劉生と伏見さんじゃないか。いらっしゃいませー」

「よう。相変わらず校則違反なバイトしてんな」

「バイトじゃないって。親の手伝いだよ」

駆け寄った劉生が小柄な店員の背中をバシバシと無遠慮に叩く。

小柄なアルバイト店員は、劉生のクラスメイトだった。

……名前、なんて言ったっけ？

劉生以外の人間に興味ないので、扇奈は彼の名前を知らなかった。何度も聞いてはいるのだが、覚える気がない。

「その屁理屈で堂々とバイトしているんだから、智也もすごいよな」

そうそう、智也。大江智也だ。

木ノ幡高校はアルバイト禁止だが、智也の父親がこのホームセンターの店長で、彼はそれを口実に、ここでアルバイトをしていた。父親が経営しているならいざ知らず、父親は会社から命じられて店長をやっているだけの雇われ店長だ。にもかかわらず、それを理由に使ってアルバイトしているのだから、大人しそうな顔に似合わず、案外肝が太い。

「それなりの成績をキープしていれば、学校も親も何も言わないものさ」

何でもないように肩を竦めつつ、エプロン姿の少年が金髪の扇奈をチラリと見てきた。

が、すぐに視線を劉生に戻し、

「それで、今日は当店にどんなご用ですか？」

「あ、そうだった。除草剤を買いに来たんだ。オススメのやつ教えてくれよ」

「除草剤か……」

店員モードになった智也が困り顔になる。

「あいにく、今売り切れ中なんだ。春先は需要が高くてね。週明けには再入荷するから、急がないなら一つ取り置きしておくけど。ええと、何平方メートルくらいの面積に使うのかな?」

「何平方と言われても……。とにかく、庭全部だ」

「庭? 劉生んち、庭なんかないボロアパートじゃん。え、まさか誰かの家の庭に嫌がらせでこっそり撒く気? おすすめしないなぁ。それより、ミントの種がいいよ。ミントは安いし、繁殖力が強いから、あっという間に庭一面ミントだらけになるし、そのきついにおいで近所から大ヒンシュクを買うことになるんだ」

「そんなテロ行為、誰がするか」

本気でミントの種を勧めようとする智也の頭を劉生がはたいた。

「そうじゃなくて、あいつのじいちゃんちに使うんだ」

「え、友達のおじいちゃんの家に嫌がらせする気? それはやめた方がいいんじゃ……」

「違う。断じて違う。頼むから、いやがらせ行為から離れてくれ。そういう目的じゃなくて、普通に雑草駆除のために使うんだよ」

と、劉生は扇奈のおじいちゃんの家を直すことになった経緯を話した。

「へぇ、面白そうなことをやってるね。さすが劉生。なんていうか、ものすごくらしいよ」

話を聞いた小柄なアルバイト店員は、楽しげに肩を揺すった。

「なんだ智也、俺をバカにすんのか」

「違う違う。素直にそう思ってるんだって。そういう方向に行動力を発揮できるのは劉生くらいだと思うよ。少なくとも、僕にはできない。うん、そういうところは尊敬する」

扇奈は劉生の側で二人の会話を黙って聞いていたが、段々飽きてきて、少しずつ距離を取り始めた。

およそ興味が湧かない。これが劉生と女の子の会話だったら内容は気になるし、いざという時には割って入るのだが、相手が男なら会話をチェックしようとも思わない。

扇奈はホームセンターに来るのは久しぶりだった。劉生は時たま暇潰しに覗きに来るらしいが、扇奈にはまるで興味がない場所だ。工具も苗も肥料も電化製品のパーツもペット用品も、このお店にある商品のことごとくが扇奈には必要がない。

退屈しのぎに店内を見て回るが、やはり興味を引くものは見当たらなかった。

劉生に、もう帰ろうよ、と言いかけたその時だった。

あるコーナーに目が留まる。

「これだ……！」

扇奈が抱えていた悩みを解決する答えが、そこにはあった。

今まで扇奈はこのコーナーに関わることがまるでなかったので思いつかなかったが、そうか、こうすればよかったんだ！　と目から鱗が落ちた。

「でもちょっと待って。そうなると、せっかくだし、いい雰囲気にしたいなぁ」

そのコーナーの前に立ちつくし、ブツブツ呟きながら懸命に考える。

「おじいちゃんの家じゃお洒落なんてのはとても無理よね。でも、せめて綺麗にはしたいかな。汚れてたら落ち着かないし」

となると、まずは居間を綺麗にしなくてはいけない。居間を綺麗にするための最大の問題点は……？

翌日の日曜日、劉生は朝っぱらから扇奈と共に旧伏見家に向かっていた。

「……眠い」

自転車を走らせながら、生あくびをかみ殺す。寝起きの体に朝の冷たい風が沁みる。奪い返したセーターを着て来て正解だった。

まだ九時前である。

本音はもう少し遅くに出発したかったが、早く行こうと扇奈にせっつかれたのだ。

「眠かったら、向こうで昼寝でもすればいいじゃない。とりあえず行こうよ！」

昨晩から急にやる気を見せている。まあ、悪いことではないので、それに水をさそうとは思わないが。

「さー、やるぞー！」

「俺もやるかー」

「あ、劉生、ちょっと待った。テーブルとかも完成させてほしいんだけど、その前に手伝ってほしいことがあるの」

旧伏見家に到着して、早速準備する扇奈につられて、劉生も使いかけの紙やすりを手にしようとしたが、ストップをかけられてしまった。居間の中央から手招きをされる。

「手伝い？　いいけど、何をするんだ」

「ここの畳を持ち上げてくれる？」

扇奈が足元を指差しながら、とんでもないことをこともなげに言い出した。

「……すまん、もう一回言ってくれ」

「だから、この畳を持ち上げて。とりあえず、一枚だけでいいから」

「だけでいいからって、あのな……。これを俺一人で持ち上げろってか」

「か弱い女の子の私にできるわけないでしょ。ほら、いいからやってやって」

「か弱い女の子は人の腹をぶん殴ったりは……いや、なんでもない。わかった。やるよ」

妙にやる気の扇奈に急かされ、納屋からバールを持ってきて、畳の縁と縁の間に差し込む。テコの要領でグイと浮かし、できた隙間に指を突っ込んでウェイトリフティングのように持ち上げた。

「おおお、重いぞこれ……！」

両腕にズシリと負荷がかかる。毎月近所のスーパーに十キロ入りのお米を買いに行かされているが、この畳は軽く見積もってもその三倍の重量はありそうだ。

「ちょっとそのままでいてねー」

「さらりと無茶な要求するんじゃねぇ……！」

　哀れな子犬みたいにプルプル震える劉生の足元で、扇奈が畳の裏をチェックし始めた。

「うん、思ってたより綺麗そう。やっぱりおじいちゃん、裏は使ってなかったんだ。それにカビも生えていないみたいだし。これは人が住んでなかったのが幸いしたのかな？」

　畳の裏面を指でなぞりながら満足そうに頷く。

「お、重い……！　は、早くしてくれ……」

「うん、もういいよー。ゆっくり下ろしてー」

　許可が下りた途端、腕が限界を迎えて畳を床にドスン！　と落としてしまった。埃がボワッと巻き上がり、扇奈が顔をしかめる。

「ちょっと！　ゆっくりって言ったでしょ！」

「む、無理言うんじゃねぇ……！」

　気軽に言ってくれるが、どう考えても一人でやるべきことではない。ほんの二、三分のことだったのに、もう腕が攣りそうだ。

「じゃあ、ここにある畳全部外に出して天日干しお願いね」

「……なんですと？」

手の甲で額の汗を拭う劉生に、扇奈がサラリと恐ろしいことを言い出した。きちんと耳に届いたのに、信じたくなくて聞き返す。

「だから、畳をお庭に出して。今日は天気もいいし、天日干ししちゃおう」

おそらく、旧伏見家の居間は大昔は生活の場であると同時に、作業場でもあったのだろう。他の部屋は狭いのだが、居間だけはやたら広い。ざっと二十畳はある。それはつまり、畳が二十枚あるということだ。

これを、俺一人で全部外に出すだと……⁉

想像しただけでゾッとしてしまう。柔道部員ならいざ知らず、生粋の帰宅部員には無茶ぶりにも程がある。

「じゃあ、がんばってね」

「おおいッ！　手伝わないのかよ⁉」

悲鳴に近い叫びをあげると、何バカなことを言ってんの？　と言わんばかりに眉をひそめられた。

「私の細腕でできるはずないじゃない。私はその間にドラッグストアで畳用の殺虫剤買ってくるから」

「薬買うなら天日干し必要ないだろ⁉」

「ダメよ。何年も放置しているんだし、掃除機ないんだし。外でしっかり紫外線に当てて殺菌して、ついでに叩いて埃も出さないと」

「俺一人でやったら確実に腕が死ぬぞ⁉」

「大丈夫大丈夫、劉生ならできるって。頑張れ男の子♪」

まるっきり根拠のない励ましをして、扇奈は鼻歌交じりに買い物に行ってしまった。

「ま、マジか……」

後には、ぽつんと取り残された劉生一人。

ものすごくやりたくない。そんなことよりテーブルと椅子に紙やすりをかけて、角を徹底的に丸くしたい。紙やすりだけでツヤツヤにしてやりたい。

だが、扇奈にお願いされてしまった。

彼女はきっと帰ってくるまでに全ての畳を外に運び出してくれると信じている。だからこそ、一人で殺虫剤を買いに行ったのだ。

「ええい、クソッ！　やってやろうじゃないかこのヤロウ！」

それから劉生は、着ているセーターを脱ぐのも忘れて、畳の運び出しを頑張った。

なぜ頑張ったか？

扇奈の期待に応えてやりたいという、男の意地と見栄のためである。

扇奈が買い物から帰ってくるまで、は残念ながら無理だったが、昼の一時少し過ぎたあたりでようやく全部の畳を運び出すことができた。

木の床が剥き出しになった居間にぐったりと座り込んだ劉生は、プルプルと小刻みに震え続ける自分の両腕を見つめていた。

「腕が、腕がヤバイ……！」

何も持っていないし力も込めていないのに、痙攣が止まらない。自分の腕なのに、自分の体ではないみたいだ。明日は筋肉痛で確定だろう。

「とりあえずお疲れ様。じゃあ、お昼ご飯にしよっか」

床の雑巾がけをしていた扇奈が、持ってきたバッグを手に隣に座る。今日はコンビニ弁当ではなく、彼女お手製の弁当が昼食だった。

「はい、まずは手を拭いてね。それから、これが劉生の分。あと、お茶もあるから」

ウェットティッシュで手を綺麗にすると、ピンク色の小さな風呂敷に包まれた弁当を手渡してくれた。それから、同じくピンク色の水筒を得意そうにペシペシ叩いて見せる。

「お、おお……！」

自然と歓喜の声がこぼれてしまう。

地獄のような重労働をした後の昼食だ。感慨もひとしおである。もう動かないと思っていた手も弁当の重みを感じると、なんとか動いてくれた。

宝物を授かるように恭しく授かり、包みを解く。

「今日は豚カツだよ」

扇奈の言葉通り、弁当箱には一口サイズの揚げ物がギュウギュウに詰められていた。

「劉生、好きでしょ」

「当然。それじゃ、いただきます」

合掌もそこそこに、早速一つ箸も使わず口の中に放り込む。揚げてから随分時間が経っているはずなのに、サックリしている。味付けも弁当向けの濃いめで、ソースをかけなくても十分美味しい。

「うん、うまい」

「そう？　ならよかった」

モグモグしながら素直な感想を述べると、心配そうに顔を覗き込んでいた扇奈が安堵の息を漏らした。

「ちゃんと揚がったか、ちょっと不安だったんだ。お弁当用に衣をちょっと工夫したの」

普段の豚カツの衣と何が違うのかさっぱりわからないが、美味しいことは間違いない。

「自信持てよ。一年前はすさまじくひどかったけど、今の扇奈の料理はうまいぞ」

「一年前はひどかったっていうのは、余計なんだけど」

劉生のより二回り小さい弁当のふたを開けながら、扇奈が不満そうに頬を膨らませる。

「事実だろ。今のお前の腕は、俺の毒見の果てにあると言っても過言じゃない」

思い返すと、胃の辺りがキリキリと痛くなってくる。

扇奈が料理を始めたのは、高校に上がってすぐの頃だった。

給食があった中学と違って、木ノ幡高校は弁当を持参するか学生食堂を利用するかの二択しかない。弁当は母親の負担が増えるし、学生食堂は毎日だと経済的にきつい。どうしたものかと劉生が悩んでいると、「だったら私が劉生の分もお弁当を作ってあげる」と扇奈が言い出したのだ。

その提案自体は大変ありがたいものだったが、持ってきてくれた弁当がひどすぎた。

それまでの扇奈は、料理の経験はほぼゼロだったし、そもそも彼女は超絶不器用人間だ。

小学校の時、図工だって家庭科だって常に『1』だったのを劉生は知っている。

そんな彼女が、お弁当を作るぞ！　と意気込んだところで、そう簡単にできるはずがない。水気が少なすぎて食べるとガリガリと音がするご飯や、殻が混じってジャリジャリする玉子焼き、砂糖の代わりに大量の塩が投入された煮物等々、思い出すだけで内臓が悲鳴を上げてしまうようなひどい料理を食べさせられ続けた。

そんな拷問の果てに得られたのが、この弁当なのだ。感慨にふけりたくなるのも当然である。

肉の味と一緒にこの一年の苦難を噛み締めていると、

「誰のために頑張ったと思っているのよ……」

と扇奈がボソリと呟いた。

「なんか言ったか？」

弁当に夢中になっていて聞き逃した劉生が、豚カツと白飯を一緒に口の中に詰め込みながら聞き返したが、

「べーつに！」

扇奈はふんと鼻を鳴らすだけで、言い直そうとはしなかった。

「ごちそうさま、と」

素早く食べ終えた劉生は合掌し、弁当の包みを直す。

「あのさ、弁当箱洗うくらいは俺がしようか？　平日はともかく、休日まで作ってもらっ

て何もしないっていうのはちょっと気が引けるんだが」

善意から提案したのだが、扇奈は弁当箱をひったくるように奪い取り、

「いいから！　そういうの全然いいから！　私の楽しみが減る……じゃなくて、そう！　どっちみち自分の分も洗うんだから手間は変わらないし！」

「そうか？」

「そうだから！」

ここまで強く言い切られると、それでも俺が洗う！　とは言いにくい。扇奈がそれでいいならよしとするしかない。じゃあ頼むわと言って、ゴロリと横になった。

畳をはがして剥き出しになった木の床がひんやりと気持ちいい。

「ねえねえ劉生、前から一つ聞きたかったんだけど」

「なんだよ」

古ぼけた天井を見上げながら応じる。

「劉生が言ってる、うちのおじいちゃんへの恩って何なの？」

「覚えてないのか？　お前、その場にいたんだけど」

「ぜんっぜん覚えてない」

聞き返すと、扇奈は弁当を食べながら首を横に振った。

「まあ、大した話じゃないしな」

別に車に轢かれそうになったのを身を挺して救ってもらったとか、誘拐されそうになったのを助けてもらったとか、そんな大仰な話ではない。ほんの少し話をしただけだ。

だが、その時もらった言葉が、劉生の考え方や生き方を大きく変えたのは事実だ。

「小学五年だったかな？　お前にここへ連れて来られたんだ」

――あの時も、春だった。

何がきっかけだったのかまでは覚えていない。

クソガキでほとんど男の子にしか見えなかった扇奈が、突然「おじいちゃんの家に遊びに行こう！」と言い出した。

同じくクソガキだった劉生は、子供だけで知らない場所に行くのは冒険みたいで面白そうだと賛成し、二人でここまでやってきたのだ。

「やあ、いらっしゃい。よく来たね」

出迎えた扇奈の祖父は、孫娘とその友達の姿を見ると、嬉しそうに微笑んでくれた。

もうその老人の顔はほとんど覚えていない。だが、声だけははっきりと覚えている。年齢の割に張りがあり、穏やかで、優しく、芯のある低い声だった。

扇奈の祖父の家はまさしく独居老人のための家で、子供が遊ぶような玩具は何もなかった。だが、それでも遊びようはあるもので、劉生と扇奈は家の中でかくれんぼをしたり、庭一杯に落書きをしたりして楽しく遊んだ。

そして、そんな遊びにも飽きてきた頃、扇奈の祖父が竹とんぼでも作ってみないかと提案してきた。深い意味はなかったはずだ。一人暮らしの老人が提供できる遊びがそれくらいしかなかったから言ってみた。それだけだったのだろう。

当時黒髪ショートだった扇奈は、手先が致命的に不器用なくせに、面白そうだとチャレンジし始めた。だが、劉生は拒否した。手先が不器用だからではない。むしろ手先は器用だ。しかし、だからこそ、手先を使うようなことはしたくなかった。図工も下手くそを装っていたくらいだ。そういう劉生だったから、用意してくれた竹と小刀はおぞましいもの以外の何ものでもなく、激しく拒絶した。

態度を急変させた少年を訝しく思った扇奈の祖父は膝を折って、少年と目線の高さを合わせ、穏やかに尋ねてきた。

「何を嫌っているんだい？」

それまでにも、劉生の工作嫌いを察知して事情を聞こうとした大人は何人かいた。最初は隠そうとしたが、子供がそういう態度を見せれば見せるほど、大人は根掘り葉掘り聞きたがるものだ。段々面倒になった劉生は、さっさと事情を話すことにしていた。

　今にして思えば、家庭の事情を他人に晒す行為だったわけだが、小学生の頃はそんなことには全然考えが及ばなかった。

「――僕のお父さんは、売れない芸術家なんです。お父さんはろくに働かず、家事もせず、毎日毎日お金にならない作品ばかり作っているんです」

　劉生は無感情に、淡々と話した。

「お父さんがそういう人間だから、お母さんが仕事も家事も全部頑張って、一人で苦労を背負いこんでいるんです。僕はお父さんを許せないし、理解できない」

　小学生にしては苛烈な物言いだった。だが、それが劉生の偽らざる本心だった。

　家族とは、お互いを支え合いながら生きていくもののはずだ。劉生だって手伝いをするように心がけている。なのに、父親にはそれが一切ない。ただただ支えられているだけで、妻を、息子を支えようと努力する素振りさえ見せない。ひたすらに自分がやりたい芸術にのみ没頭して生きている。

　この人は、本当に家族といえるのだろうか？

　そんな疑問さえ思い浮かんだ。

この疑問は、高校生になった今でも解消されていない。父親は相変わらず家族のためにならない作品作りに没頭し続けているし、母親は遅くまで働きずくめだし、劉生は父親が大嫌い(だいきら)いだった。

劉生が放課後できるだけ帰宅を引き延ばそうとしているのは、父親しかいない家がたまらなく嫌だからだ。油絵の具のにおいを嗅(か)ぐだけで神経がささくれ立つ。

「君は、芸術家のお父さんが嫌いなんだね」

扇奈の祖父の穏やかな問いかけに、劉生ははっきりと首を縦に振った。

「そして、君にも芸術的センスがある。それは嫌いなお父さんから受け継(つ)いだものだ。だから使いたくない。そういうことかな?」

庭先で懸命にのこぎりを前後に動かしている孫娘を見ながら、扇奈の祖父はふぅむと唸った。

劉生がこの話をした後、大人は二通りの反応をする。つまり、全面的に劉生に賛同するか、劉生をたしなめるかのどちらかだ。

その二通りが大人としては真っ当な反応なのだろう。あるいは、そのどちらかの反応しかしようがなかったのだろう。

高校生になり、少し大人に近づいた今となっては、そうだよな、ああ言うしかないよな、と納得できる部分もある。だが、当時の劉生は、大人たちの判で押したかのような同じ反応にうんざりし、辟易していた。

だから、その時の扇奈の祖父が言った言葉には、驚いてしまった。

彼は、こう言ったのだ。

「――それは、本当にお父さんからの遺伝なのかな？」

意味がわからず目を丸くする劉生に、白髪の老人は少々情けなさそうに笑った。

「私の息子、つまり扇奈の父親は非常に出来が良くてね。私が自転車操業するしかなかった会社をドンドン大きくしている。息子の手腕やセンスを見ていると、本当にあれは私の息子だろうかと疑いたくなってくるよ。でも、あの子は間違いなく私の息子だ。似ていないが、私の血を受け継いでいる私の息子だ」

何が言いたいのだろう？　とその時の劉生は困惑するしかなかった。

劉生が首を傾げると、扇奈の祖父は言葉を選びながら続けた。

「ええと、つまりだね、センスや能力というものは、必ず親から子へ遺伝するわけじゃないということだよ。君たち親子の場合は、どうなんだろうか？　君のお父さんが芸術家で手先が器用だ。そして、君も器用だ。なるほど、一見似ている。でも、それは本当にお父さんから遺伝したものなのだろうか？　たとえばだけど、お父さんの器用さは遺伝で、君の器用さは君自身が突然変異で生み出したものだったらどうだい？　もしくは、お父さんの器用さは六代前の御先祖からの遺伝で、君の器用さは九代前の御先祖からの遺伝だったらどうする？　ひょっとしたら、お母さんの御先祖にも器用な人がいたかもしれない」

どうする？　と聞かれても、そんなことわかりっこない。

『手先が器用』なんてあやふやで漠然としたものが同一のものかどうか、あるいは、誰由来のものかを調べるなんて、現代の医学では不可能だ。

「君がお父さんを嫌うのは仕方がない。そこは私には何とも言えない。でも、君が君を嫌うのはよくないことだ。それはすごく損だと思う。なるほど、お父さんからの遺伝に因るものだったら、それを嫌うのは仕方がない。でも、そうじゃなかったら？　君の器用さは別のところから来たものだとしたら？　自分で自分の得意なことを封印するなんて、あまりにもったいないと思わないかい？」

穏やかな目で問いかけられた。

あんまりと言えばあんまりな理屈である。

才能なんて出所がわからないんだから、使わないともったいないだろう、とこの大人は言っているのだ。ひどくざっくりしていて論拠はないに等しい。子供相手にしてもあんまりだ。

そんなひどいお父さんなら嫌って当然だよね、とか、いくらひどいからってお父さんの悪口を言ってはいけないよ、と言う大人たちの方がよほど説得力があった。

だけど劉生は、なるほどそういう考え方もあるのか、と得心してしまった。

それまでの劉生は自縄自縛していた。父親を嫌い、父親と同じ素質を忌避し、自分の行動に制約をかけていた。

よくよく考えれば、扇奈の祖父が言うとおり、もったいない。

嫌っている父親を意識しすぎて、自分の幅を狭めるなんて、ものすごく愚かで、バカバカしいことではないか。

二人がそんな会話をしている頃、竹とんぼ作りを諦めた扇奈は、竹を振り回して遊んでいた。

老人は孫娘が放り出したのこぎりを拾い上げ、柄の方を劉生に差し出す。

「少なくとも、嫌な気持ちになって何もしないより、竹とんぼでも作って遊んだ方が面白いと、私は思うよ。そうだね、他人を嫌うのは仕方がない。でも、自分を嫌うのはオススメしない。それはやめた方がこれからの君の人生にとっては、プラスになるはずだ」

差し出されたのこぎりを手にした劉生は、扇奈の祖父に教わりながら竹を切り、削り、竹とんぼを完成させた。

それは、劉生が想像していたよりもずっと高くまで飛んだ。

竹とんぼが飛べば飛ぶほど、劉生の心も軽くなった気がした。

劉生はそれから何度か扇奈の祖父の家に赴き、玩具作りを教えてもらった。できあがった玩具はテレビゲームやカードゲームに慣れ切った子供としてはあまりに地味でカッコ悪く、すぐに飽きてしまったが、作っている最中は楽しかった。

もっと色々教わりたいと思った。

だが、玩具作りはわずか数回で終わってしまう。

劉生には元気そうに見えたが、扇奈の祖父はそれから間もなく入院してしまい、そのまま家に戻ることはなかった。

それを扇奈から聞かされた時は劉生も悲しくなったが、しかし親戚でも何でもない小学生である。見舞いや葬式に行けるはずがなく、それっきりになってしまい、時が経つうちに桜ヶ丘の家のことは思い返すこともなくなっていった。

『自分を嫌うのはやめよう』

だが、彼からもらった教えは、しっかりと心に刻まれた。

「──ふーん、そんなことあったんだ」

弁当を食べ終えてお茶を飲む扇奈は、話を聞きながら感嘆の声を漏らした。

「だから、その時お前もいたんだってば」

「ぜーんぜん覚えてない！」

あっけらかんと言う扇奈に苦笑しつつ、寝転んだまま庭の真ん中あたりを適当に指差す。

「まあ、仕方ないかもな。お前、その辺で槍使いの真似かなんかして遊んでたし」

「そっかぁ。そういうことがあったから、この家を直そうって思ったんだ。納得」

「正直、それだけじゃないけどな」

膝を抱えて扇奈は嬉しそうに笑ってくれるが、居場所がないとか、『父親』という生き物に対する反発とか、色んな理由が動機になっている。とてもじゃないが、扇奈の祖父のためにやっています、と胸は張れない。

「でも、おじいちゃんへの感謝の気持ちも理由の一つでしょ？　何割かでもそういう気持ちがあるなら、孫娘としては嬉しいかな。だから、ありがとう」

「……おう」

面と向かってお礼を言われると、ものすごく恥ずかしい。ふんわりと笑う彼女の顔を見ていられなくて、ゴロリと寝返りを打ち、背を向けた。

「もう少し食休みしてから作業を再開しようぜ」

寝転がりながらスマホをいじり始めたのだが、すぐに脇腹をツンツンとつつかれた。

「なんだよ」

体をよじって扇奈の方へ顔を向けると、彼女はモジモジしながら思いがけない提案をしてきた。

「あ、あのさ、よかったら膝枕してあげよっか？　ほら、木の床じゃ固いでしょ」

「は？　膝枕？」

「う、うん。膝枕」

恥ずかしそうに顔を赤らめながら、自分の太ももをぽんぽんと叩いてみせる。いつものようにからかっているのかと思ったが、そうではないみたいだ。

「いや、それは……」

扇奈の太ももを見つめつつ、もごもごと口ごもる。

男としては非常に魅力的な提案だ。男なら一生に一度くらいは女の子に膝枕をしてもらいたい。しかもその相手が扇奈みたいな美人だったら、文句を言う方がどうかしている。

けどこれ、普通に無茶苦茶恥ずかしいことじゃないか？

扇奈に膝枕してもらう自分の姿を想像してみるが、それだけで陸に揚がったカツオのようにのた打ち回りたくなるほど恥ずかしい。

「いや、いいや。お前の足はロバみたいに細くて枕に向いてなさそうだ」

「痩せたロバ⁉」

　扇奈は、胸はものすごくボリュームがあるが、その一方で他の部分はかなり華奢だ。だからこそ、余計に巨乳が際立ってしまっているという面もある。

「わ、私の足が痩せたロバ……？　この私の足が痩せたロバ……！　私の足が……！」

　冗談半分で言ったのだが、思いのほか傷つけてしまったらしい。扇奈が自分の足を撫でながら、遠い目をし始めた。

「わ、悪い。ロバの足は言い過ぎた。すまん」

「じゃあ、膝枕に使ってくれる？」

　慌てて謝ると、ぐすんと鼻を鳴らしながら扇奈が聞いてくる。

「う……それは……」

　どう言われたって、即答は躊躇ってしまう。しかし、ここで重ねて断ったら扇奈がさらに傷ついてしまうだろう。彼女が泣くのは見たくない。

　首を縦に振るしかなかった。

「……わかった。頼む」

途端に、扇奈の顔がパッと輝（かがや）き始める。

「じゃあ、ほらほら！　どうぞどうぞ！　おいでませ！　いらっしゃいいらっしゃい！」

何が嬉しいのか、胡散臭（うさんくさ）い店の呼び込みみたいなことを早口で言いながら正座し、早く早くとせっついてくる。

……ま、いいか。

恥ずかしい反面、興味があったのも確かだ。それに、この家には自分と扇奈しかいない。

「じゃ、ちょっと失礼して」

照れくささを感じつつ、扇奈の太ももに頭をそっと乗せた。

「どう？」

「これが膝枕かー、って感想しか出てこないな。けど、うん、悪くない」

ロバみたい、などと言ったが、実際に頭を乗せていると、ズボンの生地（きじ）越しに伝わる感触（かんしょく）は思ったよりもやわらかくて気持ちがいい。

何より、女の子に膝枕をしてもらっているという事実が劉生の胸を満足感で満たす。世の男連中が憧（あこが）れるのもよくわかる。

「気に入ってくれたならよかった。なんなら寝（ね）ちゃってもいいよ」

「寝るわけないだろ。少し休んだらまた作業するぞ」

だった。

「はーい」

縁側から吹き込んでくる優しい春の風が心地よく、気を抜いたら本当に寝てしまいそう

寝ないようにしないとな。

そんなことを思いながら目を瞑る。

「…………」

「…………」

十分も経った頃だろうか。

劉生は寝るどころか、目をパチリと開けてしまった。

「……なあ扇奈」

申し訳なさそうに口を開く。

「気を悪くしたら謝るんだが、正直に言っていいか？」

こちらが言いたいことがわかっているのか、扇奈は無言で頷いた。

「あのな、膝枕って寝心地悪い。普通の枕の方がいい」

初めのうちはそのやわらかさに感動していたが、時間が経ち段々その感動が薄まると、

人間の足が枕には不向きなものだと気づいてしまった。微妙に高さが合っていなくて首の

筋が伸びて痛くなるし、微妙な傾斜と丸みのせいで頭が安定しない。おまけに肉の向こうにある骨がちょいちょい当たってしまう。熟睡なんてできっこない。

するとと、扇奈も口を開いた。

「あのね、私も正直に言っていい？　これね、すっごく足が痺れる。人間の頭って重いんだね」

「マジか。俺そんなに頭デカいつもりないんだけど」

「でも重たいよ。交代してみる？」

劉生が膝枕をする側になり、扇奈の頭を乗せてみる。金色のサラサラした髪が足の上に広がる。

「うおっ、マジだ。結構重たいな」

扇奈こそ頭は大きくない。しかし、それでも頭が乗せられた太ももにはズシッとした重さが伝わり、血管が圧迫されるのがわかった。足が痺れるのも当然だ。

「ねえねえ、ついでに腕枕とかも試させて」

大の字になった劉生の腕に、扇奈が頭を乗せる。

「あーこれはもっとダメだ。無理無理。すぐに腕が痺れる」

「乗せる側もイマイチかな。太もも以上にお肉がないから固いし、枕として見たら面積が狭すぎだし。劉生、交代してみて」

言われて劉生も扇奈の腕枕を試してみたが、確かにその通りだった。

「人間の体って、枕には向いていないんだなぁ」

「そうかな？　ひょっとしたらどこか最適なところがあるかもだよ。ちょっと試させて！」

変な探究心に火がついたのか、扇奈は劉生を寝転がせて、体のあちこちを枕にし始めた。お腹、胸、脛、肩。

傍目から見れば、くっつく姿勢をコロコロ変える奇妙なカップルにしか見えなかっただろうが、当人たちはいたって真面目だった。

「ほら、やっぱり無理なんだって。今度安いクッションでも買ってこようぜ」

「うーん……。なんか悔しいなぁ」

結局、どこの箇所でもしっくりこないという結論に辿り着く。

「俺の体は無駄な脂肪なんてないしな。普通に考えて、枕の代わりにはならないだろ」

「劉生の体はそうかもしれないけど……」

扇奈がなぜか残念そうに呟きながら、自分の体を撫で回す。

と、胸に到達したところでその手が止まる。そして、とんでもないことを言い出した。

「あのさ、私のおっぱいだったら、枕の代わりになると思うんだけど……どうかな？」

「どう……って、イヤイヤ、それはさすがにヤバイだろ」

いくらなんでもそれはやりすぎだ。

どう考えても断るべきだ。だが、彼女の胸を思わず見てしまった途端、その言葉が喉に引っ掛かって出なくなってしまう。

木ノ幡高校で一番と評されている胸だ。その胸を、枕代わりに使ってもいいと言っているのだ、この少女は。

扇奈は壁に背中を預けて座り込み、両腕を広げてみせた。

「ほら、こうすれば、リクライニングチェアみたいになると思わない？」

つまり、扇奈が後ろから抱きしめるような形になれば、劉生は彼女の胸に頭を預けて枕とすることができる。

膝枕なんて目じゃないくらい魅力的で甘美なお誘いだ。

普段はダボダボのセーターを着ているせいで気にならないが、この家では作業のためにセーターを脱ぐことが多く、否応なく扇奈の胸を意識してしまう機会が増えてしまった。

触ってみたいとか、感触を確かめたいとか、顔をうずめてみたいとか、そんなことを考えたことがないと言えば、大嘘になる。

そんな願望を叶える提案を、図らずも扇奈の方から言ってきたのだ。

「…………」

ゴクリと、生唾を飲む。

扇奈はおっぱいを枕にしていいと言っている。

劉生はしてみたいと思っている。

そして、ここには咎める人間は誰もいない。

……だったら、別にいいんじゃないか？

そんなロジックが頭の中で組み上がってしまう。

この考えが出来上がってしまうと、もう駄目だった。フラフラと、誘蛾灯に誘われる羽虫のように、扇奈の方へ歩き出してしまう。

ヤバくないか？　とか、倫理的にどうなんだ？　とか、友達相手にこんなことしていいのか？　とか、理性が懸命に訴えかけてくるが、欲望がそんな訴えを全部一撃で押し潰し、足は淀みなく扇奈に向かっていく。

劉生の体が扇奈の腕の中に包まれそうになった、その時だった。

「――ごめんください」

通りの方から凛とした少女の声が聞こえてきた。

「ッ⁉」

「キャッ!?」

二人揃って本気で驚き、電気ショックを受けたように体がびくんと跳ねる。

「ヤバイ……！」

我に返った劉生は、慌てて扇奈の方へ体が流されないように手近の柱にしがみついた。心臓が長距離走の時以上にバクンバクンと跳ねている。

ヤバかった……！　今のはものすごくヤバかった……！

何がヤバイのか自分でもよくわかっていない。だが、そんな気がする。

そんな劉生の動揺を知ってか知らずか、扇奈は胸枕のことはすっかり忘れたように声が聞こえた方に不安げに目を向けた。

「うちの前から聞こえたよね。え、ここにお客……？」

開けっ放しの縁側から首を伸ばすと、枯れて枝だけになったみすぼらしい生垣の隙間から、小柄な少女の姿が見える。

「あれは、確か……」

その姿に見覚えがある劉生が小さく呟くと、視線に気づいた少女が折り目正しく頭を下げた。

「ええと、座布団……なんてないよね。お茶も飲みかけが水筒にちょっと残っているだけだし。井戸水は失礼かなぁ。ああ、来客用の湯飲み！　物置に残ってるかなぁ」

扇奈が落ち着きなくアタフタと右往左往する。

「おい、落ちつけよ。みっともないぞ」

たしなめるが、扇奈はちっとも落ち着かない。

「だってだって、初めてのお客じゃない。まさかここにお客が来るなんて思ってもみなかったから、来客用の準備なんか全然していないいんだよ」

お客。

確かにそうだ。彼女はお客だ。

そのお客に、チラリと目を向ける。

落ち着いた色合いのロングスカートにカーディガンという、シンプルというか地味で質素な恰好をした少女が、二人の前で背筋をピシリと伸ばして正座している。

まっすぐ切り揃えた黒髪を肩のあたりまで伸ばしているのと相まって、いかにも文学系の少女といった雰囲気だ。ただし、目だけはその雰囲気を裏切るほど意志が強そうで鋭い。

その目に見つめられると、劉生は身を竦めたい気持ちに駆られてしまった。

「ちなみに、扇奈は彼女のことを知っているのか？」

こっそり耳打ちすると、彼女はコクリと頷いた。

「そりゃ、名前と顔くらいは。寺町奏でしょ。成績がぶっちぎりで学年トップの。いくら他人に興味がない私でも、それくらいは知ってる」

「話したことは？」

「あるわけないじゃん。劉生は？」

「ない」

だが、扇奈よりは彼女に近い。劉生は、寺町奏と一年も二年も同じクラスなのだ。

とはいえ、それを誇れるほど彼女のことを知っているわけでもない。

授業中は私語も居眠りもせず、真面目に教師の講義を聞き、板書も丁寧にノートに書き写す。休憩時間だって分厚い参考書を読んでいる。

劉生が彼女について知っているのは、それくらいのことだ。他のクラスメイトも劉生と同程度の知識しかないはずだ。

彼女が友達と仲良くお喋りをする姿なんて見たことない。扇奈とはベクトルが全く違うが、彼女もまたぼっちである。

勉強している姿しか思い出せない寺町が、どうしてこんな場所に来たのだろうか……？

あまりに唐突で脈絡がない。答えを探す取っ掛かりさえ見当たらない。素直に寺町に尋ねるしかないだろう。

この家での立場を言えば、扇奈が家人で、劉生は居候に近い。ならば扇奈が応対するべきなのだが、人見知りの彼女にそんなことができるはずがない。

劉生が話しかけてよ、という扇奈の無言の圧力を受け取り、仕方なく口を開く。

「ええと、寺町。何か用か？　というか、よくここがわかったな」

「昨日今日と、図書館に行く途中でお二人を見かけまして、後をつけさせていただいたんです」

初めて彼女の声を聞いた気がする。ハキハキしているが、想像よりも可愛らしい声だった。もっと硬質で非人間的な声を想像していた。もちろん、英語や国語の授業中に朗読などで聞いたことはある。あるが、今まで彼女の声に関心を持ったことなどなかった。

「本当は学校でお話しすべきなのでしょうが、なかなかその機会がなくて。こちらなら邪魔も入らなそうですし、不躾かとも思いましたが、思い切って伺わせていただきました。実は、高村君にずっと前から言いたいことがありまして」

「え、俺……？」

「まさかこの子……！」

劉生が驚き、扇奈が気色ばむ。

クラスも別の扇奈より、同じクラスの劉生の方がまだ接点はある。だが、裏を返せばそれ以上の接点はない。話したことはないし、同じ班になった記憶もない。

そんなクラスメイトの女の子が、劉生に伝えたいこと。

事務的な連絡ではないだろう。そんなことのために、わざわざこんなところまでやって来るはずもない。借金の申し込みも違う。劉生が常時金欠なのは、クラス全員が知っている。男女で決闘なんてあり得ないし、勉強を教えてくださいも彼我の成績を鑑みれば絶対に違う。

となると、思い付くことは、一つしか残っていない。

え？　ひょっとして？　俺の人生で今まで一度も起きていないイベント？

『愛の告白』なんて言葉が頭の中でリズミカルに踊り出す。

扇奈の存在を忘れそうになりつつ、急速に緊張していく。

もし、本当にそうだったらどうしようか。

劉生は今まで女の子に告白されたことなんてない。そんな事態が起こることを想像したことさえない。

そんなあり得ないことが、もしかしてこれから起こるのだろうか……？

「ええと、それで俺に話したいことって何だろうか」

緊張で顔が強張るのを自覚しながら、寺町に問いかける。

「その前に、一つよろしいでしょうか」

すっと立ち上がった寺町が足音も立てず近づいてきた。そして、劉生の薄手のセーターをギュッと握る。

「脱いでください」

「……は？」

固まってしまった。

脱いでください？　今こいつは俺に脱げって言ったのか？　女子が二人いる前で裸になれと⁉

「イヤイヤイヤ！　そんなことできるわけないだろう！」

「いいから、脱いでください」

劉生は全力で拒絶するが、寺町は有無を言わせず力ずくで脱がせようとする。

「おい扇奈！　見てないで助けろよ！」

「こういう場合、脱がすのを手伝った方がいいのかな。それともカメラの準備……？」

「助けるの一択だろ⁉」

薄情なことを呟きながら真剣に悩む扇奈につっこんでいる間に、セーターを素早くはぎ取られてしまった。恐ろしく手際がいい。

「シャツとズボンは絶対に脱がないからな！」

「あ、そちらは結構です」

奪われまいとズボンを両手でギュッと掴んだが、寺町は劉生本体にはすっかり興味を無くしていた。

肩に提げていたバッグからゴソゴソと小さな箱を取り出す。ソーイングセットだ。

「ええと、この色でいいですね」

箱の中から選んだ糸を、糸通しも使わず一発で針の穴に通し、それで一週間前から開いていたセーターの穴を手慣れた調子で縫っていく。

「おおお、スゲェ……！」

「確かに、すっごく上手……！」

驚くほど鮮やかな手つきだった。劉生も目を見張ったし、扇奈も感嘆の声を漏らした。

「はい、出来上がりです。どうぞご確認ください」

二人が驚いているうちに、穴はすっかりふさがっていた。

「完璧に直ってるなこれ。マジですごいしか言葉出てこないぞ」

「本当。もうどこに穴が開いてたかわかんないくらい」

元々小さな穴ではあったが、ここまで完全に直せるなんて驚嘆すべき腕前だ。

「先週からずっと気にしていたんです。直せてよかったです」

セーターを返却しながら寺町が満足げに微笑む。

……笑うんだ。

彼女の笑顔は、かなり意外だった。無表情に勉強しているイメージしかないから、こういう風に笑うとは想像したことさえなかった。

なかなか可愛らしいじゃないか。

などと寺町に見とれていると、扇奈に肩の辺りをバシリと殴られた。

「イッテェッ！　なにしやがる！」

「べっつにー」

ふん！　と不機嫌そうにそっぽを向く扇奈は放っておいて、改めて寺町に向き直る。

「ええと、ありがとう。助かったよ。なんだけど……用事ってこれか？」

「いいえ、そうではありません。セーターの件は副次的な用件です。主要の用件は別にあります。本当なら高村君がお一人になった時に言いたかったんです。ですが、高村君はいつも誰かと一緒の時が多いですし」

と、扇奈の方をチラリと見る。

「え、ええと、私、席を外した方がいいのかな……？　それとも、この記念的瞬間をカメラでおさめた方がいいのかな？」

扇奈が困り切った表情でオロオロし始める。劉生が側にいるのに扇奈が誰かに告白されるということは、今まで数え切れないほどあったが、その逆は一度もない。こういう時どうすればいいのか、わからないらしい。

「伏見さんもいてくださって構いません。常に一緒におられる伏見さんにも誤解なくわたしの気持ちを知っていただいた方がいいでしょうから」

「あ……うん」

凛とした寺町の声に落ち着かされたのか、扇奈が大人しく劉生の後方に腰を下ろした。

なんだろうか、この雰囲気は。

扇奈の視線を背中に感じながら劉生は思った。

授業参観のようでもあり、浮気現場を目撃されているようでもあり、表彰式で金メダルを授与されるのを見てもらっているようでもある。

どうにも形容しがたい奇妙な感触の空気が、何もない居間を満たす。

「実は、ずっとずっと高村君に気持ちを伝えたかったんです」

大きく深呼吸をした寺町が、劉生の目をまっすぐ見る。

劉生も、彼女の真剣なまなざしを受け止め、まっすぐ見返す。

劉生がごくりとつばを飲み込むと、寺町は思い切ったように口を開いた。

「わたしの、モデルになってほしいんです」

「……モデル？」

「はい、是非ともお願いします」

深々と頭を下げてくるが、意味がさっぱりわからない。

「……きちんと説明してくれ」

愛の告白ではないらしい。

がっかりなんかしていない。……多分。

なぜか胸を撫で下ろしている扇奈の安堵の吐息を聞きつつ、寺町に尋ねた。

「モデルってどういうことだ？　言っとくが、絵のモデルなら絶対にお断りだからな」

「いえ、私がお願いしたいのは絵のモデルではありません。こちらです」

劉生の声に剣呑な成分が含まれたが、寺町はそれに気づくことなく、バッグから何かをズルリと引っ張り出した。

それは、一着の白いワンピースだった。これと言った特徴のないごく普通のワンピースである。受け取り、首を伸ばしてきた扇奈と一緒に見てみる。

「普通のワンピース、だよな」

「でもちょっと待って。これ、タグが付いていない」

扇奈の方が先に気づいた。普通の衣服なら必ずあるはずの、サイズや繊維の種類、洗濯方法などが表記されているタグがどこにも付いていないのだ。

「もしかして、この服は手作りなんじゃない？」

寺町に直接言えばいいものを、扇奈は劉生の顔を見て言った。

「この服、手作りなのか？」

仕方なく劉生が寺町に尋ねると、彼女はコクンと頷き、頭を下げてきた。

「はい、そうです。ですから、お願いします」

「いや、さっぱりわからん。ちゃんと一から説明してくれ」

どうもこの少女、結論だけ言って説明がすっぽ抜ける悪癖があるようだ。

「説明ですか。ええと、そうですね……」

寺町は少し思案顔になった後、言葉を探しつつ、ポツポツと話し始めた。

「高村君も、そしておそらく伏見さんもご存じのとおり、わたしは勉強ができます。自覚はないのですが、生まれつき頭がいいようです。幼い頃から神童だ天才だと期待され、もっともっと勉強するようにと周囲から命令されてきました。わたし自身、勉強は嫌いではありませんし、今の世の中勉強ができて損はありません。周りが勉強しろと言うのも理解できます」

何とも聞き分けのいい子供だ。

劉生は感嘆と呆れが混ざった気持ちになった。仮に劉生が彼女の立場だったなら、確実に反発して鉛筆を握りさえしない。

ワンピースを丹念に見ていた扇奈も、何とも複雑そうに眉をひそめた。

そんな二人に気づくことなく、寺町は続ける。

「わたしは言われるがままに勉強を重ねて、どんどん成績を上げていきました。そのことと、そこで彼女の表情が曇った。事態に不満はありません。ありませんが……」

「勉強ばかりではさすがに飽きます」

「……まあ、そうなるわな」

当然と言えば当然だ。

勉強ばかりの人生を送っていて、私の人生は充実しています、などとのたまう奴がいたら是非とも拝んでみたい。

「勉強ばかりの日々にうんざりし始めた頃に、図書館でたまたま裁縫の本を手に取りました。特別な理由はありません。普段行かないコーナーを歩いていて、目に留まっただけです。でも、その本を読んで衝撃を受けました。買うしかないと思っていた服が手作りできると、その時初めて知りました」

その時の感動を思い出したのか、寺町の目がキラキラと輝き出す。

「エプロンなどは家庭科の授業で作りましたから、作れることは知っていました。でも、その気になればセーラー服や着物だって作れちゃうんです。果ては、ウェディングドレスだって縫えちゃうんですよ！　すごいと思いませんか⁉」

グググ、とよくよく見れば可愛らしく整った顔を近づけてくる。

「お、おお。そう、だな。確かにすごいかもな」

寺町って、こういう顔もするのか。

彼女の勢いに圧倒されながら、そんなことを思う。

劉生の中では、寺町奏というクラスメイトはいつも無機質な表情で教科書や参考書を読んでいるイメージしかない。こんなに感情豊かに語る寺町なんて見たこともなければ想像したこともなかった。新鮮で、意外で、驚いてしまう。

不安になるほど華奢な両肩を掴んで顔を遠ざけると、寺町は話を続けた。

「服作りに興味を覚えたわたしは、それから勉強の合間にこっそりと服作りをするようになりました。最初はほんのちょっと試しにやってみる程度のつもりでした。でもやればやるほど、ちょっとずつですけど上達していくのを実感できて、その感覚がたまらなく嬉しくなったんです。不思議ですよね。勉強はスラスラできるのに、裁縫は苦労の連続なのに、苦労の方を楽しいと感じるなんて」

彼女が自分の手をじっと見つめる。

「最初は、ただ作るだけで満足でした。ですが次第に、色んな種類の服を作りたい、更なるクオリティの服を作りたい、と服作りに対する欲求が強くなってきました。もっと可愛い服を、もっとかっこいい服を、もっと縫製がいい服を、もっと人の体型にフィットした服を、わたしは作りたいんです」

高みを望まなければ上達しないし、足踏みを繰り返していてはつまらなくなってしまう。その向上心は悪いことではない。

「女物はさほど問題になりませんでした。自分が試着係になって着心地を確かめ、自分をマネキン代わりにして写真を撮って見た目がどうかチェックし、それを元に改善していけばいいんですから。ですが、男物はそういきません。女性のわたしと男性では体型が全く違います。それに、男物の服を着た経験もありませんから、試着しても善し悪しが判断できないんです」

「で、男の俺をモデルに、か」

ようやく合点がいく。

試着して率直な感想を言ってくれる人間がいるのといないのとでは、上達速度は全然違うだろう。多種多様な服を作ってみたいと願う寺町が、男性モデルを欲するのは当然と言えた。そこまではとても理解できる。

が、そのモデルとして、劉生に白羽の矢が立った理由がわからない。

「どうして俺なんだ？　俺と寺町は同じクラスってくらいしか接点がないだろ」

「それは……」

寺町が言いにくそうに口ごもる。そして、恥ずかしそうにモジモジしながら、

「体です」

とんでもないことをポソリと言った。

「……は？」

「去年の十月、わたしがうっかり、男子が着替え中の教室に入ってしまったことがありま

す。ご記憶ですか？」

「いや、覚えてない」

木ノ幡高校には、女子更衣室はあるが、男子更衣室はない。女尊男卑とかではなく、男子は着替えを見られたって気にしないし、わざわざ移動するのが面倒なので、更衣室を求める声が上がらないのだ。

「女子が着替え中に入ってくるって、ちょいちょいあることだしな」

忘れ物を取りに入ることだってあるし、剛毅な女子はエアコン目当てで着替え中の男子の中にドスンと居座る。男子の立場からすれば、いちいち記憶するような出来事ではない。

「わたしの場合、本当にうっかりでした。次に作る服のことで頭がいっぱいになっていて、男子が着替えているのを失念していたんです。そして、裸の男子が大勢いる教室の中に飛び込んでしまいました。生まれて初めてでした。父以外の男性の裸を見るなんて」

寺町が頬を紅潮させながらうっとりとした目になる。

「素晴らしかったです。そして、勉強になりました。なるほど、男性の体はこういうものなのかと。女性の、わたしの体とは全然違うんだと、その時初めて理解できたような気がします。イラストや写真ではわからないことがたくさんありました。わたしは男子の体から目を離せませんでした。絶好の機会だと男子全員の体をつぶさに観察し、脳裏にしっかりと焼き付けたんです」

「お、おう……」

戸惑うしかできない。

「ねえねえ劉生」

ずっと黙って話を聞いていた扇奈が、そんな劉生にこっそり囁いてくる。

「私思ったんだけど、ひょっとしてこの子、へんた──」

「ストップだ。それ以上言うな。特にお前は言うな」

「どーいう意味よ！」

ぽこぽこと頭を叩いてくる扇奈を無視して、寺町に視線を戻す。

「ええと、その中に俺もいたってことなんだよな？」

「はい。高村君の体は素晴らしいものでした。二十人ほどいる男子の中でも群を抜いていました。わたしには光り輝いて見えたほどです」

「お、おう、そうなのか……」

褒められているはずなのに、なぜか全然嬉しくない。

「で、でも、帰宅部の俺より引き締まったいい体の奴なんて、いくらでもいただろ」

「おっしゃる通り、運動部員の方たちの肉体の方が引き締まっていました。ですが、人の肉体は筋肉だけでできているものではありません。筋肉だけで美が形作られるのでしたら、プロのモデルはみんなボディビルダーのように脂肪を削ぎ落とした体を作っているはずです。しかし、実際にはそうではありません。人の肉体とは、肉体美とは、筋肉だけで構築できるほど甘いものではありません。骨、筋肉、脂肪、皮膚、それらが重なり肉体となるのです。高村君の体は、そのバランスが絶妙なのです！」

「そ、そうなのか。それは、どうも、ありがとう……」

際限なく熱を帯びていく寺町に対し、劉生の方はどんどん引いてしまう。

褒められている。間違いなくべた褒めされているのだが、嬉しいという感情がちっとも湧かない。逆に怖い。頬が引きつるのを自覚する。

「ねえねえ劉生、やっぱりこの子、かなり変だと思うんだけど」

「だからお前が言うんじゃない」

二人のやり取りを聞いた寺町が不服そうに唇を尖らせた。

「どうやら、お二人とも高村君の肉体の素晴らしさを理解されていないようですね」

「いや、だって、鍛えてもいなければ、ケアもしていないんだぞ。こんな体のどこがいいんだって話だろ」

風呂上がりに自分の体を毎晩見ているが、すごいと思ったことは一度もない。いくら褒められても、素晴らしさを全く実感できなかった。

「どこが？　いいでしょう。そうおっしゃるのなら、説明させていただきます」

言うや否や、寺町が劉生の服をむんずと掴んで上へ思い切り引っ張り上げた。そして、腰や背中をちょっと冷たい手でぺたぺたと無遠慮に触り始めた。

「ちょ、寺町⁉」

「まず、このお腹。世間ではシックスパックなどと割れた腹筋が見える男性が賞賛されていますが、わたしから言わせてもらえば、あれは必要な脂肪さえも落としてしまった状態です。その点、高村君のお腹はしっかりと腹筋を維持しつつ、それを薄い脂肪で適度にコーティングして保護しています。人の体としてはこちらの方が理想的です」

「ふんふん、なるほどー」

劉生が顔を真っ赤にして少女の小さな手を体から引きはがそうとする傍らで、扇奈は真剣に講義を聞く大学生のような面持ちで頷く。

「確かにそういう風に見たら劉生の体ってすごくいいのかも。寺町さんっていいところ見てるのねー。ナイス着眼点」

「感心するな！　とめろ！」

叫んだところで、二人の少女の耳には届かない。

「腰も同様です。腰は本来弱点となりうる箇所ですから、筋肉と脂肪で二重に防御しておくのが生き物として適切です。高村君の場合、そのバランスが最高なのです。そしてこの滑らかな皮膚。まさに理想的です。こういう体ならば、どんな服だって綺麗に着てくれるでしょう。ああ、マネキンみたいに素敵な体……！」

撫で回し、熱弁しながら、寺町はとうとううっとりし始めた。

「あ、せっかくだから写真撮ろう写真」

扇奈はスマホを撮り出し、パシャパシャし始める。

なんなんだこいつら……。

劉生一人が羞恥プレイを強要されている。

もう、恥ずかしいという感情しか出てこない。

「ああ……本当に素晴らしい。わたしにとっての理想の体です。高村君の体を型取ったマネキンがあるならば、いくら出したって惜しくないのに。どうして高村君のマネキンが市販されていないのでしょうか」

「どうしよう劉生……。私、ここまでの境地には辿り着けないかも……」

最初は寺町に賛同してスマホでやたらめったら写真を撮っていた扇奈だったが、いつしかその手を止め、困惑の表情を浮かべて劉生の方を見てきた。

「辿り着かんでいい。むしろ辿り着かないでくれ」

まさか学年一位の優等生が、こんなことを考えていたとは。

思い切り嘆息してしまうが、なんとか気持ちを切り替え、寺町を引きはがす。彼女は名残惜しそうに劉生の体を凝視していたが、構わず乱れた服の裾を直した。

「——で、つまるところ、俺は寺町が作った服を試着すればいいのか」

話を本筋に戻すと寺町は我に返り、真面目な顔で頷いた。

「え？　あ、そうです。そういうことなんです。是非お願いしたいのですが、いかがでしょう。大したお礼にはなりませんが、試着していただいた服は差し上げますから」

不安そうにお願いしてくる寺町を前にして、どうしようか、と悩む。

劉生の中でお洒落は優先順位が高くない。なので、寺町が提示した見返りに魅力はない。

だが、彼女の熱意には敬意を表したい。

劉生の体をべた褒めしまくる様子には若干の恐怖を覚えるが、彼女が服に対して本気だというのはよく伝わった。

勉強しか能がないつまらない奴というのが、今までの寺町に対する評価だったが、成績を落とさず、独学でここまでの服を縫えるほどの技量を手に入れた彼女の努力は賞賛に値する。劉生が彼女の立場でそんなことができるとは思えない。勉強か裁縫、どちらかがおざなりになってしまうだろう。

「そう、だな……」

多分、先週だったら快諾していた。努力している人間は応援したくなるものだ。しかし、今の劉生には旧伏見家がある。寺町に協力してしまったら、それこそここがおざなりになりかねない。それは、やる気を見せ始めた扇奈に対して申し訳ないし失礼だ。

どう断ろうか、と悩む。

だから、扇奈の発言は非常に意外だった。

「たまになら、いいんじゃない？」

「いいのか？」

思わず目を見開き凝視すると、彼女は何でもないことのように肩を竦めた。

「だって、毎日試着するわけじゃないでしょう？」

「月に一回か二回くらいだと思います」

扇奈の問いに、寺町がこくんと頷く。

「たまにお手伝いするくらいならいいと思うけど。せっかく劉生の体を褒めてくれているんだし」

「扇奈がいいなら、全然構わないけど……」

ものすごく意外だ。絶対に反対すると思っていた。

「ただし、二つ条件」

戸惑い気味の劉生の傍らで、扇奈が寺町に向けて指を二本立てて見せる。

「土日はやめて。土日はここの作業に専念したいの」

「それは、はい」

寺町は素直に首を縦に振る。

「それから、ここのことは誰にも言わないで。なんて言うか……居場所なの、私と劉生の」

『居場所』。

ひどく曖昧で漠然とした表現だ。

だが、的確でもある。

「わかりました。お約束します。わたしには言いふらす友達なんていませんからご安心を。もし万が一、わたしが誰かに話してしまったら、どうかわたしの秘密も公表してください。親に知られれば、わたしは二度と服作りはできなくなるでしょうから」

二つ目の条件に対しても、寺町は担保を差し出しつつ、しっかりと頷いた。

「……寺町さんは、服作りを親に隠れてこっそりやってるんだ」

「わたしの両親はわたしに勉強しかさせようとしませんから」

「そう、なんだ。それは、大変だね」

「いえ……もう、慣れました」

ぎこちない会話のキャッチボールを聞きながら、珍しい、と劉生は思った。

扇奈が劉生以外の人間とこんなに話すなんて、今までなかったことだ。普通なら無視するか冷たい目を向けるかのどちらかである。

なのに、どちらかと言えば、扇奈の方が積極的に寺町に話しかけている。知らない人間には何でもない光景でも、扇奈という少女をよく知っている劉生にとっては、とてつもなく珍しい光景だった。

「…………」

「…………」

二人の少女のひどくテンポの悪い会話は、唐突にブツンと途切れてしまった。なんだか盛り上がらないお見合いのようだ。

なんか、似ているのかも、この二人。

仲人の気分で彼女たちの顔を交互に見ながら、劉生はそんなことを思った。

見た目や雰囲気は全然違うし、性格も全然違う。だけど、根底にある何かが共通している気がする。

　黙りこくった少女たちを見比べながら、劉生はそれが何なのか、しばし考え込むのだった。

§§§§§§§§§§§§

　意味のない沈黙で十分ほど時を浪費した後、寺町奏は「それでは帰ります。今日は突然お邪魔してすみませんでした」と丁寧に頭を下げて帰って行った。

　そんな彼女の後ろ姿を見送りながら、扇奈は、どうしてあんなことを言い出したんだろう？　と自分の発言が理解できず、訝しがっていた。

「なんか、意外だった。扇奈が寺町に協力したらとか言うなんて」

　劉生が感心したようにポンと肩を叩く。

「苦労していそうだったから、協力した方がいいんじゃないかと思っただけよ」

　それも本心の一つではある。

　彼女が作ったワンピースの出来栄えはすごかった。そして、並々ならぬ努力の果てに作ったものだとわかった。

　男の劉生は気づかなかったようだが、あのワンピースの縫製は全て手縫いなのだ。

つまり、あの服は一針一針、ミシンではなく彼女の手によって縫われている。しかも縫い目は細かく丁寧で、規則正しく揃っていた。裁縫に関しては、家庭科での知識しかない扇奈だが、それでもあのワンピースがどれほどの努力と根気によって成し遂げられたものなのかくらいは想像できる。それに加えて、親に隠れてあれを完成させたのだ。途方もない苦労もあったはずだ。

そういうものがあのワンピースから滲んで見えたから、もっと上手になりたいと願う彼女を応援したいと純粋に思った。

しかし、しかしだ。

彼女が要求したのは、劉生である。いつもの扇奈なら、劉生と女の子が一緒にいるなんて冗談じゃないと嫉妬心から大反対するはずだ。にもかかわらず、反対するどころか、扇奈の方から劉生の背中を押すようなことを言ってしまった。

劉生を他の女の子に盗られたくないと常日頃から思っている扇奈からすれば、あまりに非合理な言動である。

どうしてだろう?

おまけに、劉生以外の誰にも興味が湧かないはずなのに、彼女に話しかけてしまった。これも扇奈らしくなく、実に不可解な行動だ。自分で自分のしたことの意味がわからず、混乱してしまう。

答えが見つからず、ひたすら首を傾げていると、劉生が軽く笑った。

「お前も料理で苦労していたから、少しは気持ちがわかったのかもな。料理と裁縫って、家庭科だと一括りだし」

……そっか。そういうことか。

扇奈は無意識に、自分と彼女に近いものがあることを感じ取っていたのだ。

六時間目が終わってすぐに劉生に声をかけるのは、隣の教室から飛び込んでくる扇奈というのがお決まりだった。お約束、あるいは、定められた法則と言ってもいい。

ところが、今週に入ってから、その法則が乱れまくっている。

「高村君、さようなら」

「お、おお、さようなら」

わざわざ劉生の席の横にまでやってきて頭を下げた寺町は、戸惑い気味の劉生の返事を聞いて満足したのか、それでは、と教室をスタスタと出ていった。

「うーむ……」

その後ろ姿を見送りながら、思わず唸る。

モデルを請け負ってから、彼女は律儀に朝も帰りも挨拶してくるようになった。モデルをお願いした以上、失礼な態度を取るわけにはいかないという心遣いからなのだろう。

それはものすごく素晴らしい心遣いなのだが、実は少々迷惑だった。

寺町が自発的に誰かに挨拶するなんて、今までなかった。そのため、クラスメイトたちが、一体どうしたんだとざわつくのだ。

そして、当然のように、挨拶のお相手にも好奇の視線が注がれる。視線だけならまだいい方で、中には「どうやって学年一位の女を落としたんだ？」などととんでもないことを言いながらニヤニヤする輩も出てくる始末だ。

親友であるはずの智也も、そういう部類の一人だった。

「いやー、すごいよね、劉生って」

寺町がいなくなったのを見計らって、ものすごくいい笑顔で近づいてくる。

「それは嫌みか？　皮肉か？」

「どっちも違うって。心底すごいと思ってるよ。孤高の学年一位の好感度をどうやって上げたの？」

「黙れゲーオタ。別に何もしてねーよ」

「何もしてないなら、どうして寺町さんは急に劉生にだけ挨拶するようになったんだろ？　不思議だよねぇ」

憮然とした面持ちで睨んでみせるが、ちっとも効果がない。ムカつく笑顔を張り付けたまま、こちらの顔を覗き込んでくる。親友に突如降って湧いた色事が、楽しくて仕方がないらしい。

「寺町はだな、あー……」

どう誤魔化すのがベストか、少し考える。

「寺町は服作りを密かにやっているようだし、モデルの件は話さない方がいいだろう。

「寺町は、この前ちょっと宿題の範囲を確認してきたんだ。真面目な奴だから、たったそれだけのことでも、ああやって律儀に挨拶してくれるんだろ」

「ふーん、へーえ、なるほどねー」

適当にでっちあげた薄っぺらい嘘を微塵も信じていない智也は、目を細めつつニヤリと笑った。

「まあ、僕や他の人はともかく、伏見さんにはきちんとフォロー入れておいた方がいいよ」

「なんで扇奈にフォローしなくちゃいけないんだよ。必要ないだろ、そんなこと」

扇奈は事情を知っているから勘違いしようがない。それに、クラスメイトに挨拶されたくらいでいちいちフォローなんかしていたら、面倒でやってられない。

「そうかな？　僕はしておいた方がいいと思うんだけど」

と、智也の視線が、劉生からその背後へ移る。

「ウオッ⁉」

振り向くと、幽霊のように静かに立っている扇奈がいた。

「せ、扇奈、来たなら声かけろよ」

跳ねる心臓を押さえながら言うと、彼女は穏やかな口調で聞いてきた。

「ねえ劉生、どっちがいい？」

「は？　どっち？」

「蝋燭と、針金」

「なんだその二択」

「蝋を耳の穴に流し込んで聞こえなくするか、針金で口を縫って喋れないようにするか」

「怖ェよ！　普通に恐怖するわ！」

「だって耳か口のどっちかが使えなくなったら挨拶できなくなるでしょ？」

「だから、当たり前のことみたいに言うなよ」

小学校からの付き合いだが、時々扇奈が本気で怖い。

「お前な、冗談でもそういうこと言うな」

「……冗談かなぁ……」

智也が首を傾げながら小さく呟くが、聞かなかったことにする。

「だってだって！　授業終わって真っ先に劉生に声をかけるのは私の役目だと思っていた

のに、それを他人に奪われちゃうなんて！」

駄々をこねる子供みたいにダボダボのセーターから伸びた細い足でバンバンと地団太を踏む扇奈を見ながら呆れてしまう。

実にしょうもない。

「大した問題じゃないだろ。どーせ、これからずっと一緒にいるんだし」

「ず、ずっと？」

「放課後、ずっと一緒じゃないか。挨拶どころか、話しまくりだし」

「そ、そっか。そう考えたら、放課後最初の挨拶くらい他の人に譲ってあげてもいいかなーとか思っちゃうね」

えへへへ、と嬉しそうにしながら扇奈が体をくねらせる。

「伏見さんがチョロいのか、劉生が自ら泥沼に沈みにいってるのか、どっちなんだろ」

また智也が何か言っているが、聞かない聞こえない聞きたくない。

「それじゃ、行こっか♪」

「わかったわかった」

機嫌を直した扇奈が弾んだ足取りで教室を出ていき、劉生もその後に続く。

「末永くお幸せにー。もしくは爆発しろー」

智也がハンカチを振りながら明らかに間違った言葉をかけてくるが、これも無視してやった。

学校を出た扇奈が、家に寄りたいと言い出した。取りに行きたいものがあるそうだ。

「いいものを用意したの」

「いいもの？　なんだよそれ」

「ひみつー」

道すがらそれが何なのか聞いたが、教えてくれなかった。

扇奈の家に到着すると、自転車を玄関前に停めた彼女は、ちょっと待ってて、と家の中に入っていった。

待つ間、彼女の家を眺める。

「相変わらずデカい家だな」

普段、扇奈を社長令嬢だと感じることは絶無だが、この家を見ている時だけ、それを実感する。

現伏見家は鉄筋コンクリート製の白い三階建てで、とにかく立派で綺麗だ。

だが、娘はこの家があまり好きではないらしい。

普通に考えて、親が遅くまで帰ってこない自宅なんて最高の暇潰しの場所だが、彼女から、この家を溜まり場にしようと提案されたことは一度もなかった。

「お待たせー」

五分ほど待つと、肩から大きなクーラーボックスを提げた扇奈が出てきた。

「はい、パス」

笑顔で手渡されたそれはズシリと重かった。

「もしかしなくても、俺に運べと？」

「女の子がこんなの肩にかついで、自転車乗れるわけないじゃない」

「お前のチャリは電動機付きで、俺のは普通のチャリなんだが……」

重くかさばるクーラーボックスと共に三十分以上も自転車を漕がなければならないのかと思うと、それだけでイヤぁな汗が出てくる。

「劉生ってば軟弱だなぁ。じゃあ仕方ない、交代しながら運ぼっか」

と、扇奈がクーラーボックスを奪い返し、ショルダーストラップをたすき掛けにした。

「……待った。やっぱり俺が運ぶ。お前は運ぶな」

「あれ？　いいの？」

急な心変わりに扇奈が目を丸くする。

「やっぱりこういう重いものを持つのは、男の役目だよな」

「おー、紳士（しんし）ー」

パチパチと拍手（はくしゅ）されるが、白状すると、そんな立派な理由ではない。

扇奈がショルダーストラップをたすき掛けにすると、ダボダボセーターで隠している胸の谷間がこれでもかと強調されてしまう。

あんなのが隣を走っていたら、気になって仕方がない。

二人並んで、旧伏見家を目指して自転車を走らせる。

クーラーボックスのせいでいつもよりもペダルが重たい劉生の隣で、扇奈は鼻歌を歌うほど機嫌がよかった。

「なんだか楽しそうだな」

息切れしつつ言うと、扇奈はそんな自覚がなかったのか、ペタペタと自分の頬を触（さわ）った。

「そう？　そんな風に見える？」

「そもそも、あの家を修理しようって言い出したのは俺だからな。お前には無理矢理（むりやり）付き合わせているんじゃないかってちょっと気にしていたんだ」

劉生がそう言うと、道の先をまっすぐ見る扇奈はうーんと考えつつ、

「確かに最初はそこまで乗り気じゃなかったかなぁ。あそこ地味だし不便だし、お洒落じゃないし。たまに行くならともかく、毎日通うのはちょっと、って思ってた。でも、なんて言うかな、見方を変えたっていうか、メリットを見つけたというか」

「ふぅん？」

「でも、一番の理由は違うよ。一番は、楽しそうな劉生と一緒にいるのが楽しいんだよ。劉生ってば、今までは楽しそうにしながらもどこか不満足そうにしていたから。あの家だと、文句を言ってても楽しそうだよね」

「俺、楽しそうにしているか？」

今度は劉生が自分の頰に触れる。

「少なくとも、私にはそう見えるかな」

扇奈が穏やかに笑った。

「そっか。俺、楽しんでいるか」

劉生も楽しんで、扇奈も楽しむ。それは、二人の放課後としては最高だ。

「なら、今日も頑張って楽しむか」

「おー」

劉生が拳を突き上げると、扇奈も握った拳を空に向けて突き上げた。

最近の旧伏見家での作業は、畳に関することばかりだ。

最初の予定では、一日天日干しをして、さっさと戻すつもりだったが、叩けば叩くほど出てくるすさまじい量の白い埃を見て、二人してゾッとしてしまった。とてもではないが、いい加減な手入れでは終わらせられない。

と言っても、電気が使えないので、やれることは塀に立てかけて、棒でひたすら叩きまくることだけだ。しつこくしつこく木の棒で叩いて埃の量を減らし、それから畳用の殺虫剤をたっぷりと吹きかけて、居間に戻す。

作業としては単純だが、かなり面倒くさく、重労働だった。

普通ならうんざりしてしまうかもしれないが、劉生は案外この作業を楽しんでいた。木の床だけの居間に一枚一枚畳が敷かれていくのを見ると、何とも言えない充実感を得てしまう。マップを埋めて踏破率を百パーセントにしていくＲＰＧのやり込みと似た快感があった。

なるほど、扇奈が言うとおり、この家にいる時の劉生は文句を言いつつ楽しんでいる。

「今日は畳じゃなくて別のことをしてほしいんだけど」

今日も頑張って畳を居間に敷き詰めるかと身支度していると、金髪を後ろで束ね直した扇奈がそんなことを言い出した。

「かまどを作ってほしいの」

「かまど？　ここで料理する気かよ」

ということは、重いクーラーボックスの中身は、下拵えを済ませた食材か。

「カセットコンロじゃダメなのか？」

火が使えたら便利だろうとは思っていた。しかし、カセットコンロでお湯を沸かしてコーヒーを飲んだりカップラーメンを食べたり程度のことしか考えていなかった。

「カセットコンロももちろん考えたけど、カセットガスのことまで考えたらあんまりコスパよくないの。でも、かまどだったら、燃料はそこにいくらでもあるし」

と、ポニーテールの扇奈が山を指差す。

「薪拾いに行くつもりかよ」

昔話に出てくるおじいさんみたいなことをそのうちやらされるらしい。

「ちょっと待て、この山はお前んちの所有じゃないだろ。勝手に入ったら不法侵入だ」

「それは大丈夫。そこの山の持ち主、おじいちゃんの友達だから、頼めば何本か木を切り倒させてくれるはず。……生きていればだけど」

「もう一つ確認だ。ここで火を燃やして怒られないか？」

昨今、こういうことは近所の目や条例で色々厳しくなっている。料理を作っている最中に、消防車やパトカーが飛んできてお説教、警察から学校へ連絡が行き教師からお説教、学校から家へ連絡が行き親からお説教、という三連コンボは食らいたくない。

「それも大丈夫。おじいちゃんも焚き火していたし。カレーとか作ってくれてたよ。それに、この辺今は全然人が住んでいないから、誰にも迷惑は掛からないでしょ」

「なら、いいか」

扇奈はかなりやる気を見せている。これに水をさすのは可哀想だ。

「わかった。作るよ。今日は風もないし、草むしりしたスペースもあるしな。ただし、消火用の水と消火器の用意だけはきっちりしとこう」

消火器はスチール物置に二、三本あったはずだ。使用期限が切れていなければいいのだが。

「じゃあ、かまど、お願いね。私は料理に取り掛かるから。ええと、お鍋と土鍋、っと」

クーラーボックスを抱えた扇奈が、台所へ向かう。ものすごく気合が入っている。何を作ってくれるか知らないが、楽しみだ。

「そんじゃ、俺もかまどを作るか」

畳からかまどへ、頭を切り替える。

「けど、すぐに作れるかまどなんてあるのか……？」

不安を覚えつつ、『かまど　手作り』をキーワードにスマホで検索してみる。

「……色々あるな」

一口にかまどと言っても、色んな種類があるようだ。極端な話、石をコの字型に積んで火を囲うだけでもかまどと呼べる。他にもドラム缶を利用したものや時代劇の農民の家に出てくるような土を山型に固めたものもある。ヨーロッパの古い家にあるような石を組んで固めたしっかりしたものが恰好良くて理想的だが、材料も時間もないので今日は無理だ。

「ドラム缶、ボロいの納屋にあったよな。のこぎりで切れるか……？」

だいぶ古そうだったのでできないこともなさそうだが、のこぎりの刃が傷みそうだ。

「お、これなんかいいんじゃないか」

スクロールしていた指がピタリと止まる。

そのページには、レンガを使用したかまどが写真付きで紹介されていた。レンガをコの字に積み、その間に金網を挟みこんでいるだけの非常に簡単な作りだが、金網の上に鍋などを置けるみたいだし、石積みのものよりは安定感がありそうだ。

材料も揃えられそうだし、これにしよう、と決めかけたところで、注意書きが目に飛び込んできた。『普通のレンガで作るのはやめましょう。必ず耐熱レンガを使用しましょう』とある。普通のレンガでは、火の熱で成分が変化してボロボロになってしまう危険があるらしい。使用中にかまどが壊れて、扇奈が大やけどを負うなんてなったら大変だ。

石をコの字にするしかないか、と思い始めた矢先、ふと先程の扇奈の言葉を思い返す。

――カレーとか作ってくれてたよ――。

「もしかして……」

急いで納屋の中を漁る。

「あった！　やっぱりこれ、耐熱レンガだ」

土臭い納屋の奥でピラミッド状に積み上げられたレンガを発見し、宝物を見つけたように声を弾ませた。

それは、かまど作りのホームページで紹介されている耐熱レンガと同じものだった。煤で汚れたそれは密度がしっかりしていて、普通のレンガよりずっと重い。

さらに、その耐熱レンガの傍らで、中央に丸い焦げ跡がある金網も見つけた。ありがたく活用させてもらう。

納屋と庭を何度も往復して、見つけた耐熱レンガ数十個をえっちらおっちら運び出す。

そして、ホームページの写真を参考にしつつ、草むしりして土がむき出しになったスペースに、積み木の要領で積み上げていった。三段ほど積んだところで金網を噛ませ、またレンガを積んでいく。

「出来上がり、と」

二十分もかからずかまどは完成した。

「あとは薪か」

今から山に行くわけにもいかないので、これも納屋にあった木材の切れ端を活用する。

焚き火の経験なんて、野外活動くらいしかないので、薪をどう並べればいいのかわからないが、野外活動のキャンプファイヤーを思い出しながら、空気の通り道を意識して網の下に端材を突っ込んでみた。

「おお……！」

完成したかまどを見て、思わず喜びの声を漏らしてしまう。チープなかまどだが、これだけでもかなりアウトドアっぽい。

ちょっとテンションが上がってくる。

「どう？　できたー？」

水を入れたバケツや消火器を用意している間に、台所で下準備を終えた扇奈が片手鍋と土鍋を両腕に抱えて戻ってきた。

「多分、大丈夫だと思うぞ」

試しに鍋と土鍋を金網の上に載せてみたが、金網がたわむ気配も、レンガが崩れる気配もない。強度は問題なさそうだ。

「よし、火をつけよう。って、火あるか？」

「私、ライター持ってる」

「……そうだったな」

扇奈は常日頃からライターを持ち歩いている。タバコを吸うためでも、花火をするためでもない。ラブレターを燃やすためだ。

劉生以外の人間との関係を断絶している扇奈だが、それでも容姿に惹かれ、月に一、二度は告白されたりラブレターをもらったりする。そういうことが嫌いで気持ち悪い扇奈は、告白は劉生に断らせ、ラブレターはライターで燃やしていた。

色んな意味で危ないから、ライターを持ち歩くのはやめろと再三注意してきたが、まさか真っ当に役立つ日が来るとは思わなかった。

草むしりで作った草の山から枯草を数本抜き取り、扇奈に借りたライターで着火する。先端に火が点ったそれを、できたばかりのかまどに放り込んだ。

しばらくは白い煙が出るだけだったが、やがて端材へ火が移り、赤い炎がチロチロと鍋の底を舐め始めた。

「なんか、すげぇな」

炎を見ていると、えも言われぬ感動が胸の奥から込み上げてくる。

現代人が日常生活で扱う火なんて、ガスコンロの青い火かライターのか弱い火くらいだ。しかし、かまどの中で燃え上がる炎には、そういった火にはない力強さと生命力がある。原始時代の先祖の記憶が蘇るのか、見ているだけでも気分が高揚してきた。最近キャンプが流行りらしいが、今ならキャンパーの気持ちがよくわかる。

「よし、俺が火の番やる」

納屋で発見した火ばさみをカチカチ鳴らしてやる気を見せたが、扇奈に火ばさみをサッと奪い取られてしまった。

「ストップ。私が全部やるから」

「いやいや、俺にもやらせろよ。俺だって多少は料理できるんだから、鍋や火を見るくらいできるって」

劉生も母親の帰りが遅い時など料理をする。劉生が作らなければ誰も作らないからだ。扇奈のように料理の腕を上げたいと努力したわけではないので、野菜炒めやチャーハンが作れる程度の腕前だが、それでも火加減を見ながら鍋をかき回すくらいはできる。

「扇奈に全部任せきりって悪いだろ。火の番くらいしないと罰が当たるって」

まあ、殊勝なことを並べ立てているが、本心は単にやりたいだけなのだが。

火を目の前にして、じっとしていられる男がどこにいるだろうか。

奪われた火ばさみを取り返そうとするが、その手をペシリとはたかれてしまった。

「ダメ。これだけは譲れない。これは私がしなくちゃ意味がないの」

頑として火ばさみを放そうとしない。

長い付き合いだ。こうなると絶対に譲らないのは、嫌というほど思い知らされている。

「……わかった。料理は任せる」

扇奈の意地と決意と料理にかける熱意に降参だ。

今のうちにいまだ未完成のテーブルと椅子を仕上げてしまおう。暮れかかっている空を眺めながら、即席かまどの前を明け渡した。

「よっし、やるぞ！　美味しい料理完成させるんだから！」

扇奈は気合の入った表情を作ると、セーターと制服の上着をまとめて脱いで投げ渡してくる。そして、それきり劉生のことなど忘れたように、かまどの前で真剣に火の番をし始めた。

「…………」

ブラウス姿になった扇奈の背中をこっそり見てしまう。

今日は、水色だった。


小一時間後、劉生は半分だけ畳が敷かれた居間の真ん中で、やすり掛けを終えたばかりの椅子に腰を下ろしていた。同じく完成したばかりのテーブルの上には二品の料理が載せられている。

「てっきりカレーライスだと思ったんだけどな。アウトドアの定番だし」

美味しそうだが、スパイシーな香りは全くしない。

アウトドアのかまどで作った料理だし、二人の頭上で明かりを放っているのはキャンプ用のランタンだ。一応家の中だが、気分的にはほとんどアウトドアである。

「バカね劉生。この私が市販のルーに味付けを丸投げするような料理を作るわけないじゃない」

「そうだな。お前はそういう奴だった」

いつもの弁当だって、よほどのことがない限り、冷凍食品やレトルト食品には頼らない扇奈である。こういう時に、ルーをポイと入れて終わり、なんて料理をチョイスするはずがなかった。

「それにしても、即席で作ったかまどでこんなのよく作ったよな。マジで感心する」

土鍋は大きなエビがたくさん入ったバターの香り立つエビピラフで、鍋の方は野菜たっぷりの真っ赤なミネストローネだった。

特に感心すべきはエビピラフで、ふっくらと美味しそうに炊き上がっている。扇奈だって普段は炊飯器に頼り切りなのに、火力のコントロールが難しいかまどでよくできたものだ。

「じゃあ、冷めないうちに食べるか！」

まだ五時を少し過ぎたくらいだが、美味しそうな匂いに刺激されて、劉生の腹は早く食い物を寄越せとうるさく訴えてきていた。

いただきますと合掌してスプーンに手を伸ばす。ところが、劉生の隣に座る扇奈が銀色のそれを奪い取り、ピラフをすくって劉生の口元へ持っていく。

「はい、あーん」

「お、お前なぁ」

扇奈の意図を理解して、顔が赤くなる。

小さな子供じゃないんだから、さすがに恥ずかしい。顔をそむけて拒否しようとするが、彼女は楽しそうにジリジリと体ごと距離を詰めてくる。並んで椅子に座っているので逃げ場はない。長い時間火の前にいたせいでしっとりと汗で濡れて、火照った扇奈の体に触れてしまう。

「いいじゃない別に。誰かに見られているわけでもないんだしさ」

「そりゃまあ……そうだけど」

ゴーストタウンのような住宅街の家の中だ。ここで何をしようが他人に見られる心配は皆無と言っていい。

しかし、問題はそこではない。扇奈に食べさせられるのが、とんでもなく恥ずかしいのが問題なのだ。病気でもないのに誰かに食べさせられるなんて、赤ん坊以来してもらったことがない。

「なぁに？　劉生ってば、食べさせられるのがそんなに恥ずかしいの？」

どうしたものか困っていると、扇奈がニヤニヤと笑いながら聞いてきた。

「このヤロ……！」

からかいにきているのがあからさまにわかるだけに、カチンとくる。

子供じみたプライドと笑われるかもしれないが、そこまで言われて引き下がるのは劉生のプライドが許さない。挑発だとわかっていても乗らないわけにはいかなかった。

「いいぜ。そこまで言うなら食べさせろよ」

意を決して、口を開く。

「じゃ、じゃあ、……あーん」

扇奈が恐る恐るスプーンを運び、エビピラフを食べさせてくれる——。

——ガチ！

「イッテェ！」

エビの食感を味わうはずだった口から、悲鳴が飛び出てしまった。

扇奈の手元が狂い、スプーンの先が劉生の前歯を思い切り突いたのだ。狙ったかのごとく、歯の付け根と歯茎の境辺りの、一番痛い箇所だ。

「こういう時に不器用スキルを発動させるなよ！　マジで怪我するぞ⁉」

口の中に指を突っ込んで、出血していないか確認してしまうくらい痛かった。

「しょ、しょうがないじゃない！　こんなことしたことないんだもの！」

「ならしようとするなよ⁉」

「おっかしいなぁ。まっすぐ入れればいいだけだよね。口を狙ってまっすぐ。口を狙ってまっすぐ」

扇奈は不思議そうに首を捻り、スプーンを前後に動かして食べさせる練習をするが、レイピアで人を突く練習をしているようにしか見えない。

「お前は本当に不器用だな。貸せよ！」

喉を突かれたらたまらないと、スプーンをひったくる。

「お手本を見せてやるから口を開けろ」

「う、うん……」

スプーンで唇をつつくと、扇奈は頬を赤らめつつ、大人しく口を開いた。

その口に向かって、スプーンを差し入れてやる。

「ほら、パクって」

「ん」

扇奈は幼子のように素直に従い、モグモグと食べた。

「おいしい。さすが私。もう一回食べさせてー」

自画自賛しつつ、餌を求める雛鳥みたいにまた口を開ける。

「待てよ。俺にも食わせろ」

こっちだって空腹だ。いいにおいがしているだけに我慢できない。近づけてくる扇奈の顔を押さえつつ、エビピラフを自分の口へ運ぶ。

「うん、うまい」

シンプルかつ素直な感想が口からこぼれる。プリプリのエビや味付けもさることながら、お米の炊き加減が実に素晴らしい。固すぎず柔らかすぎず、エビの出汁をしっかりと吸い、しかし米本来の弾力も失われていない。噛むごとにお米が絶妙にほぐれ、エビの味と香りが口の中に広がっていく。土鍋とかまどでここまでできたのは見事と言うほかない。

「こっちはどうだろ」

もう一つの料理、ミネストローネの方も食べてみる。

入っている具はジャガイモ、ニンジン、玉ねぎ、ウインナーにトマトとミネストローネとしてはオーソドックスなものだけで目新しさはない。しかし大きさが同じサイズになるようにきちんと切り揃えられ、煮崩れや焦げ付きもない。丁寧な仕事っぷりがよくわかる。エビピラフがエビとバターで濃厚な味付けがされている分、こちらはトマトの酸味を活かしたあっさり味で、二つの料理を組み合わせるとさらに美味しさが増す気がした。

結論を言えば、どちらもすごく美味しい。

「今の扇奈の料理の腕ってすごいな。一年前は信じられないくらいド下手くそで、産業廃棄物しか作れないくらい悲惨で最悪で悪夢で犯罪的で壊滅的な腕前だったのに」

「えへへ、ありが……え？　それ褒めてる？」

「褒めてる褒めてる」

考えてみれば、扇奈の温かい手料理を食べるのは、これが初めてだ。弁当も十二分においしいが、出来立ての料理はそれを凌駕(りょうが)している。

知らないところで一生懸命(いっしょうけんめい)練習を重ねてきたのだろう。驚(おどろ)くと同時に、その努力の積み重ねに敬服せずにはいられない。

「劉生、私にもー」

子ペンギンみたいに手をパタパタ動かして催促(さいそく)してくる扇奈に、そんな努力の影(かげ)はさっぱり見えないが。

「わかったわかった」

親ペンギンの気持ちになりつつ、扇奈の口へ料理を運び、その合間に自分の口にも料理を運ぶ。結構忙(いそが)しかった。

「――ちょっと待て」

だから、そのことに気づいたのは、料理をあらかた食べ終えた後だった。

「なんで俺とお前、一つのスプーンで食べているんだ?」

テーブルには、未使用のスプーンが一つ、銀色の光を静かに弾(はじ)いている。

劉生の手が止まるが、扇奈はお構いなしに首を伸ばして、スプーンに盛られたピラフをパクリと食べた。

「劉生が、お手本を見せてやる！　とか言ってそのスプーンを取ったからじゃない」

「お前が早く早くってせっついたからだろ！」

とにかく扇奈に食べさせて自分も食べなければと考えるばかりで、他のことにまで頭が回らなかった。

だが、お腹が満ちた今、そのことに気づいてしまう。

俺は今、ものすごく恥ずかしいことをやらかしてしまったんじゃ……。

スプーンを握り締めたまま、頬が引きつるのを自覚する。

「なぁに？　劉生ってば、間接キスしちゃった、とか考えて恥ずかしくなってきたの？」

ピラフをモグモグしつつ、扇奈が楽しそうにわき腹をツンツンとつついてくる。

「確かに男女が同じスプーンで交互に食べるって、他の人から見たらものすごーく濃厚な間接キスだよねー」

そう、これは誰がどう見たって間接キスだ。

扇奈の口に入り、彼女の唾液がついたスプーンを劉生の口へ運び、今度は劉生の唾液がついたスプーンが扇奈の口へ……。

親子ならいざ知らず、血のつながらない若い男女がやったら、誰がどう見たって間接キスだ。

体液交換をしまくってると考えたら、普通のキスよりよっぽどディープである。

ただの友達でこんなことをするのはいかがなものか。

いつも、友達同士ではこんなことしないとか説教しているのに、これはあまりに迂闊だった。

「まあ、いいじゃないの。どーせ誰も見ていないいんだし」

扇奈がニマニマ笑いながらスプーンを奪取し、皿に残ったエビピラフをすくう。

「ほら、あーん」

「お前な、この流れでそういうことするなよ……」

「散々やっといて何を言ってるのよ」

ごもっとも。何十回もやってしまっている。

「ほらほら、食べてよ。あーん」

ピラフが口元へ迫ってくる。

劉生は唇をキュッとつぐんだまま考え込んでしまった。

これは最初の『あーん』とは意味が異なる。これは『間接キスをする』ということだ。

扇奈の唇と、エビピラフを交互に見る。

なんでこいつはこんなに楽しそうなんだ⁉　間接キスだぞ間接キス！

劉生も扇奈も恋人がいたことなんてない。当然キスしたこともない。となると、間接であろうと、キスをするという行為の重みはかなり大きいはずだ。少なくとも、劉生の中では大きい。しかし、扇奈は平然としている。

扇奈は恋愛に興味ないし、劉生のことを男として見ていないだろうから気にしていないのだろうか。だったら、劉生だけことさら恥ずかしがるのは、こっちだけ意識しているみたいで恥ずかしい。

どうすればいいのだろう。どうするのが正解なんだろう。

グルグルと思い悩む。

「……ま、別にいいか」

考え抜いた結果、たった今まで扇奈の口に入っていたスプーンを口の中に招き入れ、ピラフを食べることにした。

「え？　あれェ⁉」

予想外の行動に扇奈が目を丸くする。

「いや、ガキの頃からジュースの回し飲みとかお菓子のシェアとかしまくってたじゃないか。これってそれの延長みたいなもんだろ」

「そういう風に考えちゃうの⁉　扇奈ちゃんと間接キスしちゃった！　みたいにドキドキしてくれないの⁉」

「だから、今さらだろ」

冷静に考えたら相当恥ずかしいが、深く考えなければ――そう、深く考えなければ――大したことではない。

騒げばそれだけ扇奈が調子に乗るだろうし、劉生のメンタルも色々もたなくなってしまう。ならば、さらりと流してしまうのが一番賢い対応だ。

扇奈が椅子に座ったまま、足をバタバタさせて悔しがる。

「えー、つまんなーい！　劉生が恥ずかしがったりドキドキしたりするところが見たかったのにー」

「お前がそういうリアクションを求めているのがわかってるからだよ。バーカ」

「面白くないー」

……変なところでこいつが子供で助かった。

エビピラフを胃袋へ送りつつ、こっそり安堵する。

扇奈と間接キスなんて、恥ずかしくないはずがない。だが、ここでそれを表に出して、からかわれたら、劉生の沽券に関わる。だから、無理してでも何でもないふりをするのが正解だ。

そう、平然としているのは、虚勢である。

扇奈の唾液が自分へ、自分の唾液が扇奈へ。

見方によれば、ものすごくいやらしい。

……いやいや、考えるな。これ以上間接キスのことを考えるんじゃない、俺。

自分にそう言い聞かせ、クールダウンのために無理矢理別のことを考える。

ここでこういう風に食事を摂れるというのはなかなかいいことだ。この家の近所にはコンビニはおろか、スーパーもない。あの厄介な坂道を下ってさらに自転車を二十分は走らせないとお店なんてないのだ。ここでは急にお腹が空いても簡単に食事できない。しかし、扇奈がこういう風に料理に作ってくれれば、その問題は解消される。

とりあえず、かまどはもっときちんとしたものを作らなければならないだろう。今日のかまどは耐熱レンガを積んだだけなので、ずっと使い続けられるほどの強度はない。なにより、庭の真ん中では雨が降った時使えなくなってしまう。

それから、料理をする材料も考えなければならない。今日の料理にも色々食材が使われているが、これを毎度毎度買っていたらあっという間に無一文だ。

となると――。

「……作るか」

トマト味のスープをズズとすすりながら、劉生はぼそりと呟いた。


「どーしてぇっ⁉」

夕暮れの庭に、扇奈の悲痛な悲鳴が響き渡る。

「どーしてこうなるわけ⁉　違うんじゃない⁉　ついさっきまでイチャイチャ仲良くご飯食べてたでしょ⁉」

「イチャイチャしていたつもりはないが、実にうまかった」

彼女に対して、ごちそーさまと手を合わせる。

「だったら、この後はゆっくり食休みしながらおしゃべりしよーよ！」

「そんな時間はない！　さっさと手を動かせ。日が暮れるぞ」

「私たち、どーして、また草むしりをしているのよぉっ⁉」

エビピラフとミネストローネを食べ終えた後、二人は先週中断してしまった草むしりを再開していた。

「この前除草剤を使うって話になったじゃない！」

草を引っこ抜きつつ、半泣きの扇奈が訴えてくる。

「アホか。これから畑にしようって土地に除草剤撒いたら、植えた野菜も枯れてしまうだろ。とりあえず、このロープで囲った場所を畑とするから」

「教室の半分くらいの広さがあるんですけど⁉」

「教室の半分しかないだろうが」

「鬼ー！　悪魔ー！　人でなしー！」

涙の抗議を黙殺して、せっせと草を抜いていく。

扇奈の料理を堪能した劉生は、家庭菜園を作ることを思いついた。

料理は食材がないと作れない。食材を買ったらお金が無くなる。だったら、食材を自分で作ればいい。至極当然の論理である。

「発想が現代人ぽくないよ劉生！　野菜って買うものでしょ⁉」

「なら聞くが、今日の食事はいくらかかった？」

劉生の問いに、かがんだ姿勢のまま扇奈が固まった。

「……調味料とか色々込みで五千円くらい」

「ほらみろ、今月の小遣いが消えてるじゃないか」

食費は、生活費を圧迫する最大の要因だ。だからこそ、エンゲル係数という言葉が存在する。

「いいか、たとえばトマトは一個百円から二百円だ。対して、トマトの苗がいくらか知ってるか？　同じく百円から二百円だ。だけどだ、苗はうまく育ったら何十個も収穫できるんだぞ。どっちがお得かは一目瞭然じゃないか」

庭という土地があるのだ。ここを有効活用しない手はない。

「そう考えたら、確かにお得だけどさぁ」

「だいたい、お前のじいちゃんだってここで家庭菜園をやってただろ。だったら、畑を復活させるのはいいことじゃないか」

「そうだけどそうだけど！　草むしりがものすごくしんどいんだよぉ」

扇奈がめそめそと泣き続ける。

「ううう、どうして劉生はいつもいつも私の予想の斜め上をいくの。違うんじゃない違うんじゃない!?　もっとこう、他に目を向けるものがあるんじゃない!?」

「扇奈、泣き言を言ってる暇はないぞ。草むしりが終わったら、鍬で土を耕さなくちゃいけない」

「草むしりだけじゃないの!?」

「雑草取っただけで畑が出来上がるわけないだろ。何年も放っておいた場所だから、土がすっかり固くなっていて大変だけど、気合で耕しまくるぞ！」

「また根性論！」

「それが終わったら、ホームセンターに行って肥料と石灰を買うぞ。それを土に漉き込んで一、二週間は馴染ませないと、作物が育つ土にならないからな」

「なんでそんなに詳しいの⁉」

「家のベランダで、プランター使ってミニトマトとか育ててるからな」

そちらは親に命じられて世話をしているだけだが、どうせ育てるなら収穫量を増やしたいとちょっと勉強したのだ。

「ねえ、そんなにたくさんの作業できるわけないじゃない！　もう六時過ぎだよ⁉　日が暮れ始めてるんだよ⁉」

「何を育てるかなー」

「聞いてないし！」

草をむしりつつ、鼻歌交じりに考える。

ジャガイモ、玉ねぎ、ニンジンは外せないだろう。それから、トマトとナスもほしい。ピーマンは……好きじゃないが、ちょっとはあってもいい。あとは、ホウレン草や小松菜といった葉物もほしい。キャベツや白菜なんかができたらさぞかし使い甲斐があるだろう。

「他にはトウモロコシ、キュウリ、サツマイモ、スイカ……」

考えれば考えるほど夢が広がる。

「なあ、扇奈は何か作りたい野菜あるか？」

料理を作ってくれるのは彼女だ。意見は尊重したい。

扇奈は一瞬だけ手を止めて、ジロッとこちらを見ると、

「パイナップル」

と、吐き捨てるように言った。

「パイナップルかぁ。酢豚とかに使うもんな。でも、この辺の気候で育つか？　あれって沖縄とか暖かい場所が産地だよなぁ」

劉生は庭を見つめつつちょっと考えて、

「よし、ビニールハウスを作るか」

「私は皮肉で言ったんだからね!?」

「ついでにバナナもどうだろうか。あれってすごくたくさん生るらしいぞ」

「皮肉で言ったんだってば！　お願いだから気づいて！」

早速スマホで通販サイトを検索してみると、ビニールハウスは案外安かった。バナナの木が入るサイズのはさすがに手が届かないが、パイナップルを育てるサイズなら、劉生の

小遣いでもなんとか買える。

「やめて！　ホントにやめてってば！　劉生のことだから、ビニールハウスの温度管理とか本気でやっちゃうんでしょ！　農業高校じゃないんだからそんなの嫌！」

早速注文しようとしたが、扇奈に泣きながらスマホを奪われてしまい、購入ボタンは押せなかった。

押せなかったが、欲しいものリストには、しっかりと登録しておいた。

日がとっぷりと暮れた頃、椅子の上にぐんにゃりと倒れ込んだ扇奈の姿があった。

「うう……劉生に足腰立たなくされちゃった……」

「しょーもない下ネタ言うな」

「だって疲れたんだもん！」

子供っぽく言う彼女は汗だくだった。

「まあ、今日は頑張ったかな」

学校が終わった後に熱いかまどの前に立って料理を作り、その後は草むしりだ。生粋の帰宅部で女子の扇奈には、なかなかハードだったかもしれない。

「本当はもう少しやりたかったんだけどな」

「できるわけないでしょ！　もう夜よ夜！」

軒先から見える夜空を指差し、扇奈が叫ぶ。

「お星さまもお月さまもバッチリ光っちゃってるじゃない！　さっさと帰ろうよ！」

スマホの時計を見ると、もう七時前になっている。先日購入したアウトドア用のＬＥＤランタン二つしか明かりがないこの家では、夜の作業は不可能だ。

残念だけどもう帰るしかないなと緑色に汚れた軍手を外している最中に、ふと気づく。

「扇奈、その恰好で帰る気か？」

「えー？　なぁにー？」

やる気のない猫みたいになっている扇奈はまるで動こうとしない。

「いや、ブラウスだよブラウス」

扇奈のブラウスはびっしょりと濡れていた。劉生も汗をかいているが、彼女の方が余計にかいている。草むしりプラス料理のために火の前にずっといたせいだろう。

先日も夜風が冷たいと感じたが、汗で濡れたブラウスなんて恰好で自転車を走らせたら風邪を引いてしまうかもしれない。

「扇奈、着替えは？」

「持ってきてないー」

「俺もだ。タオルは持ってきてるんだけど」

「だよね。このまま帰るしかないでしょ」

扇奈がようやくむくりと起き上がり、不快そうにブラウスの胸元を摘まむ。

「お互い、セーターを上から着るくらいしか防寒対策は――」

と言いかけて、気づいてしまう。

汗で濡れたブラウスが彼女の体にぴたりと張り付き、そのいやらしいラインをくっきりと浮き立たせている。

特に胸周りがヤバイ。

胸の膨らみ、丸みがこれでもかと強調されている。下につけている水色のブラジャーの形もはっきりわかってしまう。なまじ想像力をかきたてる分、裸よりもいやらしく見える。

思わずごくりと生唾を飲んでしまった。

「おやおやァ？」

「……ッ!!」

慌てて顔ごと目を逸らしたが、もう遅い。

視線に気づいた扇奈がにんまりと笑い出す。

「間接キスなんか気にしないとかえらそーに言っていた劉生さんなのに、一体どうしたんですかぁ？　もしかして、透けブラにドキドキしちゃってるのかなー？　間接キスは『ま、別にいいか』とか言っていた劉生さんが！」

「お前、もしかしなくてもさっきのことを根に持っていやがるな……！」

「別に！　そういうわけじゃありませんけど！　ドキドキしてくれると思っていたのにドキドキしてくれなくて、女としてちょっと自信を失ったりなんてしていませんけど！」

肩をバシバシ叩いてくる。痛い。

　虚勢を張りながら、フンと鼻を鳴らす。

「間接キスもどうでもいいし、ブラが透けたくらいでドキドキするもんか」

「ウソだー。だって劉生ってばおっぱい星人じゃない。『巨乳』とか『おっぱい』とかで検索してるでしょ」

「おおおおお、お、お、お前!?　やっぱり俺のスマホを盗み見してやがるな!?　いつだ!?　いつの間にやってやがる!?」

「ふふん、教えるわけないじゃない。べーだ」

　両肩を掴んでガクガク揺さぶるが、扇奈はされるがままになりながら楽しそうに舌を出してみせた。

「クッソ腹立つコイツ！　今度から動画はシークレットモードで見てやる！」

「ちょっと待ってよ！　それじゃ私が履歴をチェックできないじゃない！」

「それをさせないためにするって言ってるんだよ！」

「親友の性癖を知っておくのは大事なことだと思うよ？　劉生だって、友達が二次オタでロリ好きなの知っているじゃない！」

「智也のことか。あれはあいつが極めて特殊だからだ。いいか、あいつはエロいゲームとエロい漫画の電子版を綺麗な画質で見たい一心で、クソ高いディスプレイにバイト代全てをぶち込むような変態だからな。あれは性癖じゃなくて病気だ！」

本人がいないところで友人をこき下ろしつつ、ギャアギャア言い合いを繰り広げる。

そうこうしているうちに汗が冷えてきたのか、扇奈がクチュンと可愛らしいくしゃみをした。

「冷たくなってきちゃった。早く帰ろうよ」

「そのまま帰ったら、絶対に風邪引くぞ。焚き火で乾かしたらどうだ？」

「火の側にいたらますます汗をかいて、乾くものも乾かないってば」

ごもっとも。一旦脱いで、ブラウスだけを火の側で乾かすのが一番いいのだが……。

「……風呂を沸かすか。風呂入っている間に、服を乾かしたらいいんじゃないか？」

我ながらいい案だと思ったのだが、扇奈は眉をひそめて難色を示した。

「この家、ガス風呂だよ？　今からお風呂のためだけにガス会社と契約する気？」

「そんなことするかよ」

契約してもプロパンガスを運んでもらわないとガスは使えない。おまけに、ガス管も老朽化している恐れがあるから、検査もしてもらわないと怖くて使えたものではない。

「じゃあ、焚き火でお湯を沸かす気？　お鍋とヤカンでお湯を沸かしていたら、お風呂に入れる端からぬるくなっちゃうよ」

「それもしない。大丈夫。任せろって。いいこと思いついた。飯作ってくれたお礼に俺がやるから、扇奈は焚き火の番だけしておいてくれ」

そう言うと、劉生は納屋に駆け出した。

確か、ちょうどいい大きさのがあったはずだ。

一時間後、ステンレス製の風呂桶に、ホコホコと湯気が上るお湯が溜まっていた。

「おー、すごーい。ガスを使わずお風呂沸かせるなんて思わなかった。よく思いついたね」

白い湯気を見て、扇奈が感嘆の声を上げる。お湯に手を突っ込んでバシャバシャさせつつ尊敬の目で見つめてくるのが、なんともこそばゆい。

「俺オリジナルのアイディアじゃない。漫画で見たのを真似しただけだ」

劉生が思いついた方法とは、焚き火で石を熱し、それを水を張った風呂桶に放り込んでお湯を沸かすというものだった。読んだ漫画では、火箸で掴めるサイズの石を数個投入しただけでお湯になっていたが、現実ではそう簡単にはいかない。納屋に転がっていた漬物石数個を焚き火でしっかりと熱し、それをブリキのバケツで慎重に運ぶという作業を何回も繰り返さなければならなかった。

しかも、それでも不完全で、アツアツのお湯を風呂桶にたっぷり、とはいかなかった。せいぜい半分程度の湯量で、温度もぬるいくらいだ。もっとしっかりと石を加熱すればよかったのだろうが、それでは時間がかかりすぎてしまう。

不満は残るが、今回は汗を流すのと服を乾かす時間を作るのが目的だし、これでよしとするしかない。

「扇奈が先に入れよ。その間に洗って乾かしておくから」

「いいの？」

「飯のお礼だ。一番風呂は譲る」

「じゃあ、お言葉に甘えようかな」

と頷いた途端、またクシュンとくしゃみをした。だいぶ体が冷えているようだ。

「タオルは鞄に入ってるんだよな？　取ってきてやるから、先に入っとけよ」

「お、至れり尽くせりだ。やさしー」

ぱちぱちと拍手されながら洗面所を出ようとすると、呼び止められた。

「あ、劉生。覗いちゃ、ダメだからね？」

実に楽しそうに釘を刺してくる。

「覗かねーよ。この年で性犯罪者になりたくないっての」

つまんないリアクションー、とふくれる扇奈の頭にペシリとチョップをかまして、洗面所を後にする。

先に乾かす準備をしておこうと、バケツに水を汲んだり、焚き木にするための木材の切れ端を補充したりする。そうしている間に、風呂場の方からパシャパシャと水の音が聞こえてきた。

「扇奈、入るからなー」

ノックと一緒に一声かけて、洗面所に戻る。

「げ……！」

持ってきた鞄を床に置こうとして、おかしな声が出てしまった。

電灯が使えない洗面所に明かりはなく、劉生の左手が掲げるランタンと、扇奈が風呂場に持って入ったランタンの二つしか頼るべき光はない。

しかし、そんな薄暗い中でもそこにあるものが何なのか、はっきりとわかってしまった。

「あのアホ、隠せよな……！」

そんな文句を言ったところで意味はないが、言わずにはいられない。

扇奈は制服のスカートやブラウスと共に、下着も脱ぎ散らかしていた。ポーンと無造作に放り出された水色のブラジャーとパンツが、床でその存在を強烈に主張している。

祖父の家のお風呂ということで気が緩んだのか、はたまた、男としてカウントしていない劉生だけだから別にいいやと思ったのか。どちらにしても、とんでもないことをしやがった。

水色が何とも綺麗な布地だが、男子にはどんな高威力の爆弾よりも恐ろしい。

劉生は、女の子の下着をダイレクトに見るのはこれが生まれて初めてだった。他の女の子のはもちろん、扇奈のだってない。

こんなのただの布だろ、と自分に言い聞かせようと試みる。

水色の単なる布だ。やたらエロく見えても、これが扇奈の大切な箇所をついさっきまで守っていたとしても、ただの布だ。そうだ、これはただの布だ……！

なのに、目が離(はな)せない。心臓が早鐘(はやがね)を打つ。

なんだろうか、この布が発する圧倒的(あっとうてき)な存在感と抗(あらが)いがたい魅力(みりょく)は。知らず知らず手が伸(の)びてしまいそうになる。じっくり見たくなってしまう。

クソッ！　こんなの単なる変態じゃないか！

本能の右手を理性の左手でグッと掴んで大人しくさせる。

友達の下着を見て興奮するなんて、友達失格だ。これはよくない。ダメな感情だ。大きく深呼吸をして気持ちを落ち着かせる。自分を叱咤(しった)し、グッと腹筋に力を籠(こ)める。

「よし……！」

俺は平常心になった俺はクールで冷静だ、と自分に言い聞かせ、衣服にすり足で近づく。そして、限界まで伸ばした腕(うで)で、汗で濡れたブラウスだけを拾い上げた。目的の物を回収できれば、もうここにはいるべきではない。脱兎(だっと)のように逃げ出す。

「――ッハァ……！　ゼェ、ハァ、ハァ……！」

庭に飛び出し、むさぼるように夜の冷たい空気を肺の中へ送り込む。

「……クソッ、俺も余計な汗をかいてしまっただろーが……」

肺の中が新鮮(しんせん)な空気で満たされて、ようやく人心地(ひとごこち)つく。それから、バケツの中に扇奈のブラウスをバシャリと乱暴に突っ込んだ。八つ当たり気味にジャブジャブと水洗いをし、絞ったブラウスを両手で広げてかまどの火にかざす。

扇奈の入浴中に完全に乾くはずもないが、それでもさっきまでの汗ビッショリ状態よりははるかにマシだろう。

「着替えか。考えていなかったな……」

夜風と焚き火の熱気ではためくブラウスをぼんやり眺めながら考える。

これから夏に近づけば汗をかく機会は増えるだろう。家の修理や畑仕事で汚れることも多いはずだ。となると、着替えは用意しておいた方がいい。

毎回毎回着替えを持参するのは荷物が増えるだけだし、ここに常備しておくのが賢いやり方だ。そうなると、着替えを置いておく場所が必要となってくる。

「箪笥を作るのは流石に無理だよなぁ」

いくら手先が器用でもさすがに箪笥を作れる自信はない。簡単な衣装箱を作るか、百均ショップで適当なケースか籠を買ってくるかのどちらかが現実的か。

さて、どっちがいいだろう、などと考えている時だった。

家の方からバタバタと騒々しい音が聞こえてくる。

「ちょっと劉生、どーいうつもり⁉」

「せ、扇奈⁉　お前、なんて恰好をしてやがる⁉」

縁側に姿を現した少女の恰好を見て、仰天してしまう。

なぜかプリプリと怒っている扇奈は、ダボダボのセーター一枚というとんでもない姿だった。

俄かには信じられないほどエロい恰好だが、間違いなくセーター一枚だ。その証拠に、セーターから伸びる細い足は生足で、手には水色の下着を握り締めている。そして、ブラウスは絶賛乾かし中だ。他に着替えがないなら、そういうことになる。

バスタオルを巻きつけた恰好の方がまだマシかもしれない。

扇奈は濡れた髪もそのままに、足が汚れるのも構わず、裸足で庭に飛び下りて劉生に詰め寄ってくる。

「劉生、ひどくない⁉」

「な、何がだ？」

扇奈が動くたびに見えてはいけないものが見えそうになってしまう。劉生は必死に目を泳がせて見ないように努力するが、そんなことにまるで気づいていないらしい彼女は先回りをして正面に立ってくる。

「私、さっき『覗いちゃダメ』って言ったじゃない」

両手を腰に当てるポーズを取らないでほしい。扇奈には大きすぎるセーターが下に引っ張られて、肩からずるりと落ちてしまいかねない。

「きちんと前フリしたでしょ」

「……は？　前フリ？」

言っている意味がわからない。プンプン怒っている理由もわからない。ただただ、彼女が動く度にチラチラ見える肌色が気になって仕方がない。

気が気でない劉生の前で、扇奈がわかってないなぁと落胆のため息をついた。

「覗くなって前フリしたんだから、覗こうとするのがお約束でしょ！」

「お前は芸人かッ⁉」

「おまけに、下着にも目もくれないし！」

「わざと脱ぎ散らかしてたのか⁉」

「劉生がどういう反応するかなってワクワクしていたのに、触ろうともしないなんて！　あれじゃ女としてのプライドが傷つくじゃない！」

「お前のプライドなんか知るかボケえええええッ‼」

漆黒の帳が下りた山に、劉生の全力の怒鳴り声が響き渡る。

「どーしてお前は俺をおちょくるためだったら、コンプレックスやトラウマが発動しないんだ⁉　頭おかしいのか⁉」

「頭おかしいってのはひどすぎない⁉」

「男子高校生の前でそんな恰好で出てくる時点で十分頭おかしいだろ。そうじゃないなら痴女だ痴女！」

「あー、また痴女って言った！　清らかな乙女にひどすぎない⁉」

「乙女がそんな恰好するかドアホゥ！」

頭に来たので、乾かしている最中のブラウスを顔面に投げつけてやった。

「ワ！　まだ冷たいじゃない」

「お前が出てくるのが早すぎだからだよ！　……ったく！」

怒るのも馬鹿馬鹿しくなってくる。

「じゃあ、次は俺が風呂に入るから」

怒鳴って余計な疲労を覚えてしまった。さっさと風呂に入りたい。

「劉生劉生」

風呂場に向かおうとする劉生の袖を扇奈が引っ張った。

「劉生はシャツとか洗わなくていいの？」

「いや、俺はいいや」

汗を掻いていないとは言わないが、わざわざ洗うほどのことでもない。

「えー」

「なんだよ、その『えー』は」

「せっかくだから、洗ってあげようと思ったのにぃ」

「いや、遠慮する。お前に預けたらにおいを嗅いだりなめまわしたり顔をうずめたりしそうだし」

「………」

「いや、そこは否定しろよ」

ここにいたら服を強奪されかねない。とっとと風呂場に向かう。

「本当に子供だなあいつは……」

扇奈はロクに体を拭かずに風呂場から飛び出したようだ。ランタンの明かりに照らされた床にはあちこち水が飛び散っている。

嘆息しつつ、洗面所で服を脱いで広い風呂場に入った。

旧伏見家の浴槽は鈍い銀色のステンレス製なのだが、やけに位置が低い。ほとんど床に埋まっているような高さで、湯船に浸かると目線が床のタイルと同じくらいになってしまう。作られた時代の流行りなのか、それとも建築上の都合なのか、はたまた施工主の好みかは知らないが、ユニットバスしか知らない劉生としてはこんなことでも珍しく、面白い。

石鹸（せっけん）がないのでお湯で適当に汚れを洗い流して湯船に浸かる。

「あ〜〜〜〜」

オッサンくさい声が、自然と出てしまう。

ぬるいのでどうかなと思っていたが、存外悪くなかった。作業の疲れがお湯の中に溶（と）け出していくようで何とも心地（ここち）いい。この家でお風呂に入るなんて考えていなかったが、一度使ってしまうとこれを使わないという選択肢（せんたくし）はなくなってしまった。毎回毎回石を焼いてお風呂を沸かすのは大変だが、積極的に使っていきたい。きっと扇奈も喜ぶはずだ。

と、そこまで考えて、先程（さきほど）の扇奈の姿を思い浮かべてしまった。

濡れた髪をまっすぐに下ろして、あられもない姿になった少女は、まるで扇奈ではないようだった。月と星の光に照らされ、金色の髪とセーターから覗く肩は艶（あで）やかに光り輝（ひかがや）いていた。いつもより大人びて見えて、色っぽくて、綺麗で――。

「〜〜〜〜〜〜ッ!!」

顔が真っ赤になるのを自覚する。と同時に、溜め込んでいたものが一気に噴（ふ）き出してしまった。

「あのアホ、俺を何だと思っていやがるんだ⁉　あんなエロい恰好で出てきて！　下着を脱ぎっぱなしにしたり！　自分がやってることのとんでもなさを理解できないのか⁉　俺が何とも思わないと思ってるのか⁉　俺が枯れたジジイとでも思っているのか⁉　スマホでエロ動画見てるの知ってるなら、そんなわけないのわかるだろ！　俺が巨乳好きなのも知ってるんだろ！　俺がどうにかなったらどうするつもりだ⁉　それとも、俺がそんなことしないとでも思ってるのか⁉　こっちが理性フル動員して我慢しているの気づいていないのか⁉　体は大人のくせに中身は小学生の時から全然変わらないんだからあいつは！　エロい体してやがるくせに！　エロい体をしてやがるくせに！」

お湯に浸かっている体よりも顔の方が熱い。お湯をすくい、顔面に叩きつけるように何度も何度も乱暴にバシャバシャと洗うが、火照りはなかなか治まらない。

それでも、顔を洗いながら溜め込んでいたものをぶちまけると、いくらか落ち着きは取り戻せた。

扇奈がからかったり、無警戒だったりするのはいつものことだ。彼女なりのスキンシップのつもりなのかもしれない。他の人間、特に男に対していい感情を持っていない分、普通に接することができる劉生に、その反動が出てしまうのはわからなくもない。

しかし、それに毎度振り回されるのでは、劉生の身がもたない。

「……距離感って、難しいな」

男女であるだけに余計にそう感じてしまう。

劉生と扇奈は小学校の頃から変わらぬ友達としての付き合いをしている。だが、二人は否応なく大人になっていく。

いつまでも、子供ではいられない。

――トン！　カン！　トン！

洗い場の紺色のタイルが剥がれた箇所を見つめながら、寂しいことに思いを馳せていると、外から何かを叩く音が聞こえてきた。

窓から外を覗くと、暗い庭先で金槌を振るっている扇奈の姿があった。恰好はとりあえず制服姿に戻っている。

「……そんなところで何をしているんだ？」

何をしたいのかわかってしまうので聞くのもバカバカしいが、一応聞いてやる。

「あのね、劉生が私のお風呂を覗かないから、逆にこっちが覗いてやるって思ったの」

何とも無邪気な笑顔で犯罪的なことを言う。

「ほう」

早速理屈がおかしいが、我慢して聞いてやる。

「でも、洗面所から覗こうとしたら、鍵がかかっていたの」

「そうだな。お前のことだから、そういうことをやらかすんじゃないかと思って、鍵をかけておいたんだ」

「だったら、窓から覗いてやるって裏庭に回り込んだの。そしたら、窓の位置が高くて覗けないじゃない！」

「風呂場の窓は覗かれないように高くなってるもんだろ」

努めて冷静に、諭すように言ってやる。

「困った私は、そうだ、踏み台があればいいじゃないって思いついちゃったの。でも、探しても見つからないの！　で、しょうがないから、ここで作っちゃおうって」

びっくりするぐらい予想通りで、呆れるほどガキっぽい。

扇奈の顔を見ているうちに、なんだか真面目に考えるのがバカバカしくなってきた。ほんの数分前まで大真面目に悩んでいた自分が滑稽に思えてくる。

「……そうか。まあ、怪我はしないようにな。頑張れよ」

「うん、頑張る！」

力強く頷いた扇奈は再び金槌を振るい始めた。

トン！　カン！　トン！　ゴスッ！

「いったーい！　指叩いたー！」

筋金入りの不器用の扇奈に、大工仕事ができるはずがない。木の板に釘を打ちつけたものが出来上がったら御の字である。

トン！　ゴンッ！

「今度は足叩いたー！　ねえ劉生、コツとかないのコツ⁉」

「手や足じゃなく、釘を打つのがコツだ」

「それができないから聞いてるんじゃない！」

窓の外から飛び込んでくる騒々しい扇奈の声と金槌の音を聞きながら、劉生はゆっくりと入浴を楽しんだ。

§§§§§§§§§§§§§

その日の夜、扇奈は自分の部屋で、大きなクッションを抱えながらゴロゴロと転がりまくっていた。

「劉生の下着の好みがわからないーっ！　なんなの⁉　大人っぽい黒がダメだったから、爽やかで健全な水色にしたのに！　なんであれをスルーするの⁉　どういうつもり⁉　あれはちょっとひどくない⁉　こっちはかなり勇気を振り絞ったっていうのに‼」

部屋には、色とりどりの下着が散乱している。どれもこれも劉生のためにと購入したものだ。

「結構自信があったのに！　なんでちょっとも触ろうとしないの⁉　アダルトなのもダメ！　健全なのもダメ！　何が正解なの⁉」

転がるのをやめて、タブレット端末を掴み、下着の通販サイトを調べ始める。

「こうなったら、何が何でも劉生の好みの下着を探し当ててやる！　色は何がいいの⁉　白？　ピンク？　まさかパープル⁉　デザインもどんなのがいいのかわかんないし！　ローレグ？　ハイレグ？　Tバック？　Cストリング？」

途中でタブレットを操作する手が止まり、指がちょっと震える。

「も、もし、ちっちゃい子が穿くようなプリントものが好みだったらどうしよう……！　さすがの私でもクマさんがプリントされたパンツなんて……。で、でも、劉生の好みだったら……！」

一人でウンウン唸ったり、ギャアギャア騒いだり、悶々と悩んだり。

その夜、扇奈は徹夜して寝不足になってしまい、翌日の作業ではいつも以上に不器用を発動させて劉生に怒られるのだった。

「草むしり！」

「壁！」

「草むしりに決まってるだろ！」

「壁だってば！」

数日後の放課後、劉生は扇奈と二年一組の教室で言い合いをしていた。

クラスメイトたちが生暖かい目で見てくるが、気にする余裕なんてない。

「あのな、この前も言っただろ。草を抜いただけじゃ畑にはならないんだ。時間がかかるんだ。だったら、草むしりを先にするのが当然だろ」

唇をキュッと結んで睨んでくる扇奈に対し、筋の通った論理的な説明をしてやる。

しかし、扇奈の方もそんな説明では納得できないと強い調子で主張してきた。

「壁の方が大事だってば！　ボロボロで穴開いちゃってるから、すごく落ち着かないの。それに、穴だらけの壁を見たら、ものすごく貧しい気持ちになっちゃう。だから、壁は最優先に直すべき。それから次に、障子」

今日一日、二人のやり取りはずっとこれだった。休憩時間はもちろん、授業中もこっそりスマホを使って論戦を繰り広げていたのだが、埒が明かず直接対決となったのだ。

「お前、この前はかまどかまどって言ってたじゃないか」

「もちろん、かまどもきちんとしたの作ってほしいわよ。それは障子の次にお願い」

「だから、材料なかったらかまどがあっても意味ないだろ。畑を先にすべきだ」

事情を知らない人間が聞いたら、一体何について言い合っているのか、さっぱりわからないだろう。ゲームの中のことだとでも思っているのではないだろうか。まさか本物の家の修理についてだとは思うまい。事情を知っている人間――智也は、ニヤニヤしながらスマホのレンズをこちらに向けているが。

「劉生も頑固だよね」

「お前が言うなお前が」

睨み合うことしばし、先に動いたのは、不敵な笑みを浮かべる扇奈だった。手をワキワキ動かしながらにじり寄ってくる。

「私ね、どうやったら劉生に言うことを聞かせられるか、ずっと考えていたの。で、この間おんぶした時結構ダメージあったっぽいじゃない」

「この前のことか」

下駄箱でのセーター争奪戦を思い出し、顔をしかめる。衆人環視の下、背中に胸を押しつけられたあの時の感触と羞恥は、そう簡単には忘れられない。

「劉生は人前でくっつかれるのが恥ずかしいんでしょ」

「俺はっつーか、普通の人間はな。おい聞け恥知らず」

「だから、またおんぶしようかなって思ったの。でも、同じことを繰り返すのって面白くないかなって考えちゃって」

「嫌がらせに面白さなんて一切求めていないけどな」

「だから、何か別の方法ないかなって授業中ずっと考えたの」

「授業はちゃんと聞けよ」

「そして、とうとうおんぶ以上にダメージを与えられることを思いついたのよ！」

劉生のつっこみに全く耳を貸さない扇奈が、両腕をバサリと広げてみせた。ダボダボのセーターの余った部分が脇やら腕やらからダランと垂れ下がり、飛膜を広げたムササビか何かに見える。

「公衆の面前で、ハグをしてあげる」

とんでもなくみっともない姿で、彼女は得意そうに宣言した。

「……そうきたか」

ますます顔をしかめながら、喉の奥で唸る。

他人の目に頓着しない扇奈ならではの嫌がらせ方法だ。多くのクラスメイトに見られる中で抱きつかれるなんて、普通の人間ならよくて相打ちだが、扇奈がやれば、一方的にダメージを与えられる。理不尽この上ない。

「さあさあ、クラスのみんなに見られる中、私に思い切り抱きしめられるといいわ！　あ、そこの劉生の友達の、えーと……友達の人、なんなら写真撮ってもいいから」

「伏見さん、いい加減名前くらい覚えてくれると嬉しいんだけど」

苦笑しつつ、智也は扇奈の指示通りスマホを構える。

「智也テメェ！」

「ゴメン劉生、僕には真実を残すという責務があるんだ」

「お前はいつから新聞部員になった⁉」

「僕は生涯帰宅部だよ。うん、まあ、ぶっちゃけて言えば、面白そうな方に乗っかっているだけだけど」

あっさりと本音を吐露しつつ、いい角度で撮影するために二人の真横に回り込む。

この薄情野郎が……！

親友と思っていた少年に殺意を込めた視線を叩きつけてから、彼以上に親友なはずの少女に向き直る。彼女は実に素敵な笑顔を見せつつ、両腕を広げたまま、ジリジリとにじり寄ってきていた。先程はムササビのようだと思ったが、今は獲物を追いこもうとしているヒグマのようだ。

「さあ劉生、観念しなさい。負けを認めて壁の修理をするか、そうでなければ、クラスメイトにハグを見られていじられまくるか、選ぶ時よ」

どちらもゴメンである。

ここは戦略的撤退をするしかないのか……⁉

逃げるのは好きではないが、そうも言っていられない。

ところが、そんな逃走の気配を察知したのか、ガタイのいいクラスメイト数人が、出入り口を体でガッチリ塞いでいた。どいつもこいつも楽しそうにニマニマと笑っている。劉生が扇奈にいじられるのをじっくり見物しようという腹積もりらしい。

クソ、あいつらめ！　さっさと帰るか部活行くかしろよ！

このクラスには友情に厚い奴はいないのだろうかと嘆きたくなるが、そんな余裕はない。

扇奈がゆっくりと、しかし確実に近づいてきている。

「さあさあ劉生ー、大人しく抱きしめられなさい。感謝しなさいよー。思い切りぎゅーってしてあげるから！」

「誰が感謝なんかするか！」

怒鳴り返しつつ、劉生の頭はどうすればいいか考え続けていた。

出入り口を塞いでいる連中をぶん殴るか蹴り飛ばしてどかしてやろうか。いや、そんなことをしている間に扇奈に追いつかれてしまう。

窓もチラリと視界に入るが、ここは三階だ。

八方ふさがりである。逃げ場はないし、味方もいない。楽しそうににじり寄ってくる扇奈に抱きつかれてしまうのは時間の問題だ。

だが、劉生はまだ諦めなかった。

考えろ……！　考えるんだ俺……！　このアホを負かす方法が必ずあるはずだ……！

脳が汗を掻くほど思考する。あらゆる選択肢を考え、その結果をシミュレートしていく。

己の尊厳のために脳みそを酷使する。

何か、何かあるはずだ。このアホをやり込める方法が……！

そして、一つの可能性を見出した。

「――なあ扇奈」

おもむろに口を開く。

「なあに劉生、負けを認める気になった？」

「いいや、負けを認めるのはお前の方だ。扇奈、もし俺に抱きついて来たら、俺はお前にキスをしてやる！」

「キ、キス？」

勝ち誇り、宣言すると、扇奈の動きが止まった。

「そうだ、正面から抱きついて来たら、無理矢理キスしてやる。どうだ、さすがのお前もこれには参っただろう！」

他人の目なんかどうでもいいと常々言っている扇奈でも、一応乙女だ。こんなところで、しょうもない理由で恋人でもない奴にファーストキスを奪われるなんて、いくらなんでも耐えられないに決まっている。

これは完璧に勝った……！

扇奈は、負けを認めて謝るか、教室から逃げ出すかのどちらかだ。

そう、思ったのだが。

「…………」

ヒトデ怪獣みたいなポーズのまま、じーっとこちらの顔を見つめてくる。

そして、一旦広げた両腕を下ろし、持ってきていた通学鞄の中に手を突っ込み、ゴソゴソとやり始めた。

鞄から出てきた彼女の手には、二つのものが握り締められていた。口臭ケアのタブレットと、リップクリーム。

「せ、扇奈さん……？　いやいや、さすがに冗談だよな？　なあ、そこまで体を張るのか？」

恐怖で頬がひきつる劉生の眼前で、タブレットをガリガリと噛み砕き、リップクリームを唇にたっぷり塗りつける。

そして、劉生の口元を見つめながら、童話に出てくる狼のように舌なめずりをした。

「よし、いくよ！」

「このアホおおおおおおおおおおおおオオオオッ!!」

喉が裂けても構わない。全力で怒鳴る。怒鳴らずにはいられなかった。

「どーしてお前は俺に嫌がらせをする時はそこまでできるんだ!?　もう少し友達を大切にすることを覚えた方がいいと思うぞ!?」

「嫌がらせなんてそんな。劉生がキスをするって言うから、しやすいように準備してあげたんじゃない。むしろ優しいでしょ私って」

「別にしたいわけじゃねぇよ！」

扇奈の頭を両手で掴んで、顔に近づけまいと必死に力を込める。

「まま、別にいいじゃない。周りも私たちのキスを見たいみたいだし。オーディエンスの希望には応えてあげなくちゃ」

言われて、クラスメイトたちが楽しそうにワイワイ騒いでいるのに気づく。

「高村と同じクラスになってよかったわー。噂は耳にしていたんだけど、一年の時はあいつらのバカップルっぷりを直に見たことなくってなぁ」

「あのバカさ加減とガキくささとイチャつき具合が絶妙なんだよな。もはや熟練の域だと俺は思う」

「彼氏ができた時の参考に……はならないか。でも、面白そうだから見たいかな！」

どいつもこいつも、まるっきりコントか漫才を見物するような面持ちだ。

「ほらほら、リクエストに応えるのがエンターテインメントの基本でしょ」

「俺はお笑い芸人やってるつもりはねぇよ！」

扇奈の腕の力がますます強くなり、ジリジリと顔が近づいてくる。

このアホは！　もう少し分別があるアホだと思っていたが、ここまでアホだったとは！

扇奈は楽しそうだし、クラスメイトたちも面白がって野次馬を決め込んでいるが、劉生としてはかなりの窮地である。

「この……ッ！」

「ひょ、ひょっと！」

頭を押さえるだけではじり貧になってしまうと判断した劉生は、思い切って扇奈の口の中に両手の親指を突っ込んだ。そして、そのまま横に引っ張る。

こうすれば唇がキスの形にならない。

代償（だいしょう）として、親指が扇奈の唾液（だえき）でヌルヌルになってしまうが。

「他人の口の中って気持ち悪ッ！」

何とも言えない感触と生暖かさに思わず顔をしかめると、扇奈が口を引っ張られながら怒（おこ）り出した。

「わはひのふひのはかがきおひわるひっへとーいうほほよ！」

「何言ってるかわからないから黙（だま）れ！」

ここまでされても顔を近づけて来ようとする扇奈の口を、さらにぐにぃっと引っ張る。

「ひゅーへーがひひはひたほほへしょ！」

口を引っ張られ変な顔を晒（さら）されているのに扇奈は少しも止まらない。むしろ、生き生きと顔を近づけてくる。

マジでこいつは、俺をおちょくってる時が一番元気だな……！

友人として、他の楽しみも覚えてほしいと切に願う。

押すも引くもできない状況の中、背中にびっしょりと汗を掻きながら懸命に頭を働かせる。扇奈の唇はほんの十数センチ前にまで迫っている。逃げ場はない。

どうする……？　今の俺に何ができる……？

逃げ場はなく、手も塞がっている現状で使えるものは、口くらいしかない。

説教する？　そんなことでこのアホが大人しくなるはずがない。

ウソをつく？　扇奈相手ではどんなウソだってすぐにばれてしまう。

残る手は――脅すくらいか。

だが、他人の目を気にしない扇奈に、脅迫という手段は効果が薄い。お前の恥ずかしい秘密をみんなにばらすぞと言ったところで、何とも思わないからご自由に、と返されるのがオチだ。

しかし、他の二案よりは可能性がある。

何か脅迫の材料はないだろうか。このアホでもばらされたくない秘密はないだろうか。

頭の中で時計を逆回しにして、扇奈との思い出を掘り起こす。

高校二年、ラーメン屋で替え玉五回も頼んで店主にドン引きされたこと。

高校一年、小学生とのカードゲーム勝負でボロ負けしてガチ泣きしたこと。

中学三年、ゲーセンで何千円も注ぎ込んだのに、ほしいぬいぐるみが取れないからとクレームをつけて店員と大喧嘩になり出禁を食らったこと。

扇奈がやらかしたことは枚挙にいとまはない。が、彼女の性格を考えれば、脅迫の材料としては弱い。

何か、何かないか。扇奈でも恥ずかしがってしまうような出来事が——。

「……中二の時に送りつけてきたポエムを朗読するぞ」

考えて考えて考え抜いて、出た言葉がそれだった。

「え……？」

グイグイと顔を近づけようとしていた扇奈の動きがピタリと止まる。

数ある出来事の中からこれをチョイスしたのは、まさしく中二臭い出来事だったからだ。

扇奈は色々おかしなことをやらかしているが、いわゆる中二病を発症したことはない。病気でもないのに眼帯をつけたことはないし、怪我していないのに包帯を巻いて登校したこともない。前世がどうのとか邪神がどうのとのたまったこともない。

そんな彼女の行動の中で、あのポエムだけが中二臭く、毛色が違っていた。

「ぽ、ポエムってひょっとして、あの……」

口から劉生の指を引き抜いた扇奈が青くなりながら聞いてくる。一縷の望みを託した脅しだったが、効果はあったようだ。

ここが好機と追い打ちをかける。

「そうだ、お前が夜中にいきなり俺に送りつけてきた奴だよ。ええと、確か、『あなたの側に——』」

「わー！　わーわーわー！　言わないで！　わかったから！　私の負けでいいから！」

たった今キスしようとしていた劉生の口を自分の手で塞ぎ出す。

「やめて！　ホントにやめて！　あれを今さら穿り返すとかマジでないから！」

助かった。これで公衆の面前で扇奈相手にファーストキスをするというとんでもない事態は回避できた。

勝った、と思うよりも安堵の気持ちが先に来てしまう。

しかし、胸を撫で下ろしたのも束の間、周囲から猛烈なブーイングが巻き起こった。

「ちょっと待て高村！　結局キスしないのかよ！　つまんねーだろ！」

「ここまで引っ張ったんだからしろよな！　待ってた俺たちの時間返しやがれ！」

「どーせ、普段からしまくってるんだろ！　だったらここでしたっていいだろーが！」

あまりに理不尽かつ受け入れがたい非難だ。黙ってなんかいられない。

「やかましいテメェら！　人前でキスなんかするか！　つーか、普段もしてねーし！」

「ウソつけ高村！　誰がそんなことを信じる！」

「そーだそーだ。全然説得力ないぞ！」

「こんなことでウソつくわけねーだろ！　揃いも揃ってバカかお前ら⁉　もしくは、喧嘩売ってんのか⁉　上等だ！　いくらでも買ってやるぞ‼」

　扇奈の手を引っぺがした劉生は、今度はクラスメイトたちを相手に壮絶な舌戦を開始するのだった。


「あー、怒鳴りすぎて喉がイテー」

　クラスメイトたちとの言い合いを終えて廊下を歩く劉生は、喉をさすりながらぼやいた。

「あいつらめ、好き勝手言いやがって」

　キスしろだのもっとすごいことをしろだの言いたい放題のクラスの連中に、劉生は懸命に言い返した。が、多勢に無勢。数の暴力に負けて、這う這うの体で逃げ出してしまった。

「おい、ああいう時はお前も何か言い返してくれよ」

　唯一味方になってくれそうな扇奈は、ずっと黙りこくったままだった。廊下に出ても一言も喋っていない。

「さすがのお前だって、あれだけ無責任にいい加減なこと言われたらムカつくだろ」

劉生がジロリと睨むと、両手を頬に当てながら隣を歩く彼女はジトォとした粘着質な目付きで睨み返してきた。

「あのさ、劉生、一つ確認したいことがあるんだけど。中学の時に送ったメールなんだけど、どうしてポエムって思ったの。他の可能性は考えなかったの？　た、たとえば、ラブレター……とか」

「は？　あれはどう見たってポエムだったろ。しかも、深夜のテンションで書いた」

劉生は間髪を容れずに断言した。詳しい内容は覚えていないが、やたら歯が浮くような言葉の羅列だったのは覚えている。

「まさか、あれはポエムじゃなかったのか？　ずっとお前に取り憑いてやるっていう呪いのメッセとかじゃないだろうな。やめろよ、友達に呪いのメッセ送るとか。そういうのはよくないぞ」

たしなめると、扇奈の目付きはますます湿っぽいものになった。

「なんだよ、その目は」

「べっつにー。なんでもないわよ。劉生って読解力がないバカなんだなーって思っただけ」

「おいちょっと待て。アホのお前にバカと言われたくないぞ」

言い合いをしつつ昇降口に到着し、鼠色のスチール下駄箱の蓋を開けた。

「ん……？」

履き慣れたスニーカーを取り出そうとして、その上に載せられているものに気づく。

それは、味もそっけもない白くて四角い封筒だった。一瞬ラブレターかと勘違いしそうになったが、そのシンプルさがそういう類のものではないとわからせてくる。

「……そう言えば、さっき教室にはもういなかったな」

送り主を予想ながら封筒を開けると、中にはこれまた簡素で白い便箋が丁寧に三つ折りにされて入っていた。

『今日の放課後、お時間をいただけないでしょうか。四階の一番奥の空き教室でお待ちしております』

ものすごくかしこまった文章が、繊細で丁寧な筆跡で書かれている。名前は書かれていないが、この手紙の主が誰なのか、推理する必要もないほど容易にわかった。

「扇奈、残念だけど今日の草むしりは延期だ」

手紙を見せると、扇奈は手紙と劉生の顔を交互に見て、諭すように言った。

「ねえ劉生、これは呪いの手紙じゃないからね。ラブレターでもないし、脅迫状でもないから。寺町さんからの、単なる呼び出しの手紙だからね」

「言われなくてもわかってるっての」

手紙の種類を判別するくらいの読解力はあるに決まっている。

バカにすんなと怒ったが、なぜか扇奈は白い目を向けてくるのだった。


——空き教室って、鍵がかかっているものじゃないか？

扇奈を先に帰し、一人で階段を上りながら、ふと気づいてしまった。

四階には、手紙に書いてあるように空き教室がいくつかある。昔は普通教室として利用されていたが、少子化の煽りを食らって教室の必要数が減った結果、使われなくなったのだ。今はいらない椅子や机などが押しこまれている。

アニメや漫画なんかでは、空き教室は屋上と並んで様々なイベントのメッカだが、現実では安全対策のために立ち入り禁止になっているのが普通だ。当然、木ノ幡高校もきっちり施錠されているはずである。

寺町が嘘をつくとは思えないが……。

うーんと、首を捻りながら四階に到着する。

三階までは多くの生徒が行き交っていてうるさいくらいだったが、四階に上がると途端に静かになった。

いくつかの教室は部室として使われているはずだが、まるで人の気配が感じられない。別世界のように静かな橙色に染められた廊下をゆっくり歩き、指定された一番端の空き教室の戸に手をかける。

カララ、とわずかな音を立てて、薄汚れた白い戸は開く。施錠されていない。

空き教室は埃っぽいだろうと思っていたが、予想に反して空気は澄んでいた。静謐と言ってもいい。

後ろ半分に保管されている椅子や机は立体的なパズルのように積み上げられていて、どこか芸術的にさえ見えてしまう。前半分は空きスペースとなっているが、こちらは掃除が行き届いていてピカピカだ。二年一組の教室より綺麗かもしれない。

「高村君、お待ちしておりました」

窓の向こうから野球部やサッカー部の掛け声がわずかに聞こえるだけの、オレンジ色の教室の真ん中に、寺町が立っていた。背筋をピンとさせていて、まるでこれからヴァイオリンの演奏でも始めそうな雰囲気だ。

「わざわざご足労いただき、ありがとうございます」

「帰宅部だから気にすんな」

ヒラヒラと手を振ると、寺町はキョロキョロと辺りを見回した。

「あいつには先に帰ってもらった。モデルしてるところを見られたら、ゲラ笑いされるのは確定だからな」

「そう、ですか」

寺町が少し残念そうな顔をする。扇奈の意見も聞きたかったのかもしれない。まあ、それは次回にさせてもらおう。しょっぱなから女の子二人にモデルをやっている姿をジロジロ見られるのは、劉生のメンタル的によろしくない。

寺町は椅子を二脚引っ張り出し、片方を劉生に勧めてくれた。

「インスタントですけど、コーヒーでも飲まれますか？」

彼女が指差す机の陰に、小さな電気ポットと紙コップが置かれている。

「いや、いらない。……なんか、この教室に馴染んでいるな。寺町はよくここに来るのか？」

「ええ、先生からここの鍵を預かっています」

勧められた椅子に座りながら尋ねると、寺町がプラスチック製のタグがついた鍵を見せてくれた。タグには『空き教室A』と書かれている。

「自主勉強をするのに都合がいい場所はありませんか？　と相談したら、この教室を紹介してくれたんです」

「あの、伏見さんは？」

「ああ……教室や図書室ってなんだかんだでうるさいもんな」

『図書室では静かに』なんて標語をよく見るが、それが完璧に守られていることはまずない。みんなコソコソと私語をしているものだ。人が滅多に来ない四階のこの教室を独占できるなら、確かに勉強には最適かもしれない。

さすが学年一位、勉強する場所も考えているんだなぁ、などと感心しかけた矢先、寺町がとんでもないことを言い出した。

「まあ、方便なんですけど」

「……なんだって？」

「わたしが本気で集中したら、少々の雑音なんて気にもなりません。ここは、学校内で一人になれる空間がほしくて手に入れた場所なんです。学年一位という称号は伊達ではありませんね。先生はあっさり貸してくれました。なかなか快適ですよ」

と、なだらかな稜線を描く胸を得意げに張る。

「お、おう、そうなんだ……」

やはりこの少女、見た目通りの優等生ではないらしい。

人間、見た目と中身が違うのは扇奈という少女で十分知っていたつもりだが、まだまだ勉強不足のようだ。

「にしても、そんなプライベートエリアに俺が入ってよかったのか？」

「そのへんで着替えをしていただくわけにはいかないですし。それに、先日わたしの方がお二方のプライベートエリアに侵入してしまいましたから」

きっちりしているというか、律儀なことだ。

「それで、俺が着る服ってどんなのだ？　気になっていたんだ」

「あ、はい。それでは、さっそくですけどお願いできますか。今回は三着持ってきました」

と、三つの紙袋を手渡される。中には、それぞれ色も生地も異なる服が入っていた。

「じゃあまずは一着目か。着替えるから寺町は一旦廊下に――」

――出ておいてくれ、と言おうとした劉生の眼前で、どっかと椅子に座りこんだ寺町がスマホを構えた。目もレンズもギラギラ光っているように見える。

「さあさあ、どうぞ存分に着替えてください。ええ、わたしのことはお構いなく！」

先程までの真面目で律儀な一面はどこへやら、フンスフンスと鼻息も荒い。

人間、好きなものが絡むとここまで変わるものか。

前回もセクハラの洗礼を受けたが、今回もちょっと引いてしまう。

「ええと、じゃあ、着替えさせていただきます……」

扇奈との経験上、こういう風になった女子相手に抗っても無駄なのはわかっている。寺町に見られる中、着替えるしかなかった。

全裸になるわけじゃないんだ。体育で着替えを見られるなんて何度もあっただろ。

自分に言い聞かせつつ、劉生は着ている制服に手をかけた。

「キャー！」

途端に、寺町が甲高く黄色い声を上げる。

「いい！　すごくいいです！　やはり高村君の体は素晴らしいです！　こういう体にわたしの服を着てもらえるなんて製作者冥利に尽きます！」

手放しで褒めつつ、パシャパシャと写真を撮りまくる。

「これ、思った以上に恥ずかしいな……」

ただ着替えているだけだ。やましいことをしているわけではない。なのに、ものすごく特殊かつエロいことをしているような錯覚に陥ってしまう。

さっさと済ませてしまおうと、一つ目の紙袋の中身を引っ張り出す。

一つ目の紙袋に入っていたのは、長袖のＴシャツと綿の長ズボンという極めてオーソドックスなものだった。柄も何もない。その辺のスーパーで売ってそうな安物感がある。

「着心地はどうですか？」

手早く着替えると、ひとしきり写真を撮って落ち着きを取り戻した寺町が訊いてきた。

「どうと言われても。まあ、普通かな」

他にコメントのしようがなかった。着心地がいいとも悪いとも言えない。

「少し動いていただけますか」

言われて、歩いたり屈伸したり腰を捻ったりしてみる。

「特に、おかしなところはない、かな」

既製品を着ているのと、ほぼ大差ない。

「けど、正直に言っていいか？　シャツはともかく、ズボンのペラペラ感が半端ない」

ズボンの裾をクイクイと引っ張りつつ、素直な感想を言った。

ズボンも形や縫製はしっかりしている。だが、生地があまりに薄っぺらくて安っぽい。

これでは、一週間ともたずにビリッと破けてしまうだろう。

劉生が気になった欠点を指摘すると、寺町は申し訳なさそうに顔を伏せた。

「それはわたしの経済的な事情のせいです。厚手の布って高くて、わたしのお小遣いではとてもとても……」

バイトができない高校生には、常にお金の問題が付いて回る。劉生たちも悩んでいるが、それは優等生でも同じらしい。

「それに、厚い布は手縫いだとものすごく大変なんです。布が固くて針が通らなくて。ミシンがないと、とてもじゃないですけど縫えません」

　確かに、たとえばジーンズに使われているような厚手のデニム生地を縫うとしたら、手縫いではかなりしんどいだろう。下手したら、針が折れてしまいそうだ。

「家にミシンはないのか？」

　そう言えば扇奈が、この前のワンピースは全部手縫いですごかった、と褒めていた。

「ありません。わたしの親は裁縫に興味ないですから」

　劉生の家にもない。今は雑巾だって買う時代だ。ある家の方が珍しいだろう。

「第一、あったとしても、ミシンなんて使ったらすぐにわたしの趣味がばれてしまいます」

「小型ミシンでもちょっとしたゲーム機くらいの大きさはあるもんなぁ。こっそり買って隠し続けるのも厳しいか」

　寺町がミシンを使うとしたら、ミシンを買わなくてはならないし、買えたとしても他人に見つからず使える場所を確保しなくてはならない。今は安いミシンが売っているし、この空き教室もある。頑張れば何とかなるかもしれないが、容易ではないのもまた確かだ。

「大変だな」

「いえ、大人になって働くようになったら、ものすごくいい高級ミシンを買うって決めていますから」

何でもないことのように微笑むが、大学に進学するであろう彼女が、働いて自分の給料を手に入れるのは何年も先のことだ。あまりにも遠い。

なんとか力になってやりたいと思うが、自由に使えるミシンなんてあるはずがない。

劉生にできることは、モデルを務めることだけだ。

二つ目の紙袋を開ける。

「……ツナギ？」

町工場のオッチャンなんかがよく着ている、上と下がつながっている紺色の作業着が出てきた。

「高村君の胴体や手足の長さを確認するために作りました」

「そう言われると、着るの怖くなるな……」

このツナギの足の裾がブカブカだったりしたら、寺町が思っているより短足ということになる。自分が八頭身のモデル体型なんて思ったことはないが、短足とも思われたくない。

どうかピッタリでありますように、などと祈りつつ着替える。

幸い、股下はちょうどいい長さだった。

「きつくありませんか？」

ホッとする劉生に、小柄な少女が不安そうに尋ねてくる。

先程と同じように色々動きつつ、

「袖や裾はぴったりだけど、胴回りがかなり緩いな。作業着でこんなに生地が余っていたら引っ掛かったりして危ない気がする」

腰の部分の布地を摘まんでみせる。

寺町もその感想は予想していたのか、神妙な顔つきのまま、また写真を撮った。

「やはり実際に着てくれた方がいいデータが取れますね。実地に勝るものはありません。では、本日最後の服、お願いできますか」

三つ目の紙袋からは随分と趣が異なるものが出てきた。

「……タキシード？　これはまた、すごい服を作ったな」

「型紙があれば、そう難しくはありませんよ」

「だとしても、すごいと思うぞ」

タキシードも他の服同様ペラペラの安い生地で作られていて、本格的とは言い難い。ディスカウントストアで売っているパーティー用のコスプレグッズよりもチープである。しかし、形は文句なしにタキシードで、縫製も手縫いとは思えないほど細かくまっすぐになっている。これをただの布から生み出せるなんて、賞賛以外の言葉が見つからない。寺町が真剣に服作りに向き合っている証左でもある。

「その服はいかがでしょうか」

着てみて、また色々動いてみる。

「きつかったりゆるかったり、かな」

タキシードなんて着たことがないから詳しくは知らないが、タキシードという服はぴったりと体にフィットしている服のはずだ。しかしこの服は、腰周りはきついのに胸回りはゆるかったりとチグハグな着心地だ。とてもジャストフィットとは言えない。

「なんかこう、適当な寸法で作りました感が強いな」

「そう、ですか」

「あ！　でも、よくできてると思うぞ、マジで。普通はここまで作れないんだからな」

「いえ、正直に感想をおっしゃってくれた方が参考になります。ありがとうございます」

落ち込むかと思いきや、寺町は気丈にもすぐさまノートに何事かを書き込んだ。

「市販の型紙に頼ったのでは限界がありますね。それがわかっただけでも大きな収穫でした。やはり大切なのは正確なデータです」

そして、メジャーを取り出し、獲物を追いこむようにゆっくりと劉生に近づいてくる。

「て、寺町……？」

嫌な予感がしてきた。彼女が纏うオーラが、ハグしようとしてきた扇奈のそれによく似ている。

「高村君、計測に邪魔なので、パンツ以外全部脱いでいただけますか。本当はパンツも脱いでほしいところですが、さすがにそれは我慢します」

怯える劉生に、寺町はさも当然のように要求してきた。

「いやいや、服の上からで十分だろ！」

「何を言います。わたしは完璧な服を作りたいんです。そのためには完璧な計測が必要不可欠なのは自明の理。ということで、ちゃっちゃと脱いでください。脱がないなら、わたしが脱がせますから」

動物を解剖する科学者のように極めて理知的に手を伸ばしてくるから余計に怖い。

「あ、ちょっと⁉　やめろ！　やめろって！　わかった！　脱ぐ！　脱ぐから！　だから、せめて自分で脱がさせてくれ！」

「いえ、わたしが脱がせた方が早いです」

劉生の意見などあったものではない。あっという間にひん剝かれてしまった。

「動かないでくださいね。ミリ単位で正確に測りたいですから」

空き教室の真ん中で、パンツ一丁のまま直立不動を強いられる。

着替え以上の羞恥プレイだ。ものすごく恥ずかしい。

「ええと、まずは肩幅」

確認のために呟きながら、ちょっと背伸びをした寺町が肩にメジャーを当ててくる。

呟きと共に吐き出された吐息が首筋を撫でてくすぐったい。

「次に、着丈、身幅、と」

「ちょ、近い近い近い……！」

近いどころではない。ゼロ距離だ。

寺町は正確に測るために、メジャーを両手だけでなく自分の全身を使って劉生の体に固定しようとしてくる。見方を変えると、自分の体を劉生に押しつけている。

思った以上にやわらかい……！

こう言っては失礼だが、寺町はかなり貧相な体つきをしている。小柄だし、胸もない。端的に言えば幼児体型だ。少なくとも、制服の上からでは凹凸があるようには見えない。しかし、体を押し当てられると、必ずしもそうではないと気づかされた。

「袖丈……と」

まるでないと思われた胸もしっかり膨らみはあって、扇奈ほどではないが弾力を感じる。扇奈をふよんふよんとするなら、寺町はぷにぷにといったところだろうか。

「次は下ですね」

「ちょ、寺町、下はマズイって！　俺、パンツ一丁なんだけど！」

「動かないでください！」

「……はい……」

　採寸の鬼と化した寺町には、何を言っても無駄だった。劉生は耳まで赤くしつつ、直立不動でいるしかない。

「前股上、後ろ股上、と」

　劉生の足にこすり付けてくる太ももは適度にやわらかく、さらりと絹のような肌触りだ。

「あ、ウエストも測らないとですね」

　前に回り込んだ寺町の頭が目の前でゆらゆら揺れる。光のせいで虹色にも見えるサラサラの黒髪から、いいにおいがしてくる。扇奈は太陽やヒマワリ、命を感じさせるにおいだが、寺町はお菓子やケーキ、色とりどりの花束のような甘いにおいがする。

　寺町も化粧っけはまるでないからシャンプーや石鹸のにおいなのだろうが、本当にそれだけなのだろうか。女の子には、いいにおいを発する特殊スキルが備わっているんじゃないかと本気で思いたくなる。

　これはヤバイ。かなりヤバイ……！

扇奈というものすごい存在が側にいるから、少々の刺激では動じないと自負していたが、なかなかどうして、寺町の威力もすごかった。

俺は地蔵俺は地蔵と念仏のように口の中で繰り返しながら、ひたすら動かないことに専念する時間は、たっぷり十分以上続いた。

「——はい、これで大丈夫です。ご協力ありがとうございました」

体中を採寸し尽くされて、ようやく解放される。

「つ、疲れた……」

ただ突っ立っていただけなのに、旧伏見家での作業よりも疲労した気がする。制服を着込むと、ぐったり椅子に座りこんでしまった。

「とりあえず、これで当分モデルの仕事はないか？」

熱くなった自分の顔に手のひらで風を送りながら尋ねると、楽しそうにノートに数字を書き込んでいる寺町がこくんと頷いた。

「そうですね。今取らせていただいた寸法を元に一から始めますから。ただ、途中で仮縫いの状態での試着をお願いするかもしれません」

「仮縫い、ね」

またくっつかれるのだろうか。嬉しいような困るような。

天井を見上げて何とも言えない表情をすると、寺町は何かに気づいたのか、不安そうに顔を曇らせた。

「あの、ひょっとしてわたし、おかしなことしちゃいました?」

「ええと、そう、だな。ちょっと近すぎ、かな。その、俺は別に嫌ってわけじゃないけど」

「すみません……」

劉生の困った声に、小柄な少女が申し訳なさそうに視線を足元に落とす。

「謝るほどのことじゃないぞ! いや、本当に」

慌てて言い繕おうとするが、寺町はその気遣いは不要ですと首をゆっくりと横に振った。

「わたし、ダメなんです。人と接する時どうすればいいのか、よくわかっていないんです。距離感、というんでしょうか。昔にも何度か、近づきすぎて気持ち悪いって言われたことあるんです。それを気にしていたら、今度はよそよそしすぎるって言われちゃって。加減が全然分からないんです」

「人付き合いが苦手なのか? 俺にはそうは思えないけど」

こうやって話している分には話下手とは思えない。知らない家に乗り込んで、モデルになってほしい、なんてとんでもない頼みごとをする度胸もある。学年トップの優等生で話しかけにくい雰囲気はあるが、きっかけさえあればいくらでも友達を作れそうだ。そして、学校とはそういうきっかけがいくらでも転がっている場所である。

「うちのクラスにも家庭科部の奴いただろ。入部しないにしても、仮入部したいとか口実作って話しかけてみたらどうだ？」

しかし、寺町はまたつらそうに首を横に振った。

「親が友達なんて許可してくれません」

「許可……？　友達作るのになんで親の許可がいるんだ」

まるで意味がわからない。

最初、寺町は言うべきか否か逡巡した。だが、一度語り出すと、溜め込んでいたものを吐き出すように訥々と語り始めた。

「わたしの両親は、ごくごく普通の凡人です。普通の高校から普通の大学に進学し、普通の会社に就職し、普通に結婚し、普通の家庭を築いた普通の人です。ええ、娘のわたしから見ても、平々凡々とした人たちだと思います。ですが、普通でないことが一つだけありました。娘のわたしです。平凡な夫婦から生まれたとは思えないほど優秀だったんです。まさに、鳶が鷹を生む、というやつですね」

夕日に照らされる寺町の顔が、次第に無表情になっていく。

「わたしに言わせれば、わたしは天才ではありません。ちょっと優秀なだけです。素晴らしい論文を書いたこともなければ、飛び級で海外の大学に行ったこともありません。全国模試で一位になったことさえありません。ですが、平凡な両親にはそれでも十分すぎました。私たちの娘は天才だ、と狂喜乱舞したんです。わたしの存在が、彼らの平凡という、今まで自覚さえしていなかったコンプレックスを刺激してしまったんです」

　橙色に染め上げられた空き教室という空間がそう思わせるのだろうか。寺町が美しく、恐ろしく、無機質で、儚げで、哀れに映る。

「彼らは、娘を東大に入れようと考えました。天才だから東大に入れようなんて、平凡すぎる発想ですよね」

　と、そこで寺町は初めて笑った。だが、その笑いは偽悪的で、劉生の神経に障る。

「寺町はそんな親に腹が立たないのかよ。ムカつかないのか？」

「彼らの言い分は、自分のコンプレックスが発端だとしても、今の日本の社会において間違ったものではありません。学歴が人生において大きな武器になるのは、厳然たる事実です」

　両親の、そして自分のことなのに、他人事のように言う。

「彼らは、どうすれば娘の成績をさらに伸ばせるか考えました。考えて考えて、考え抜いた末に導き出した結論は『たくさん勉強させよう』というごくごく当たり前のものでした。

そして、そのために邪魔なもの、害悪となるものを徹底的に排除しようと決めたのです」

「それが、友達ゼロに行き着くのか」

「友達と遊ぶことに時間を費やすより、勉強に時間を費やすべき。そう考えたんです。木ノ幡高校を進学先に選んだのも、その方針によるものです。わたしの学力からすれば、この偏差値はかなり物足りないですが、近いので通学時間が短くて済みます。その分、勉強の時間に回した方が効率的だ、という判断です。……まあ、この高校に来たおかげで、この空き教室を利用できているのですから、それについては感謝していますが」

うんざりしてしまった。

バカバカしい。あまりに下らない。

「そこまでして勉強しなくちゃいけないのかよ。寺町は今でも十分いい成績じゃないか」

「彼らも自分たちの娘が天才なんかじゃなく、ちょっと優秀なだけだと気づいているんですよ。そして、『天才』のメッキが剥がれてしまうのを何よりも恐れているんです。ですから、娘が勉強に専念するようにあらゆる事柄に目を配り、吟味し、無駄なものを排除したいんです。そうしないと不安になってしまうんでしょう」

その結果、友達ゼロで人との距離感のわからない少女が一人出来上がった、か。

胸の奥が不愉快さでムカムカする。

過干渉、というやつなのだろう。

親が必要以上に子供にアレコレ口出ししまくるという、毒親の一種だ。育児放棄の正反対で、同等に厄介だが、積極的に子供に関わっているため、当人たちも周囲もそれが問題行動だと気づきにくい。

まったく、どこの親も何かしらの問題を抱えているものだ。

劉生は、胸に溜まった不快なものを全部吐き出すように、大きく嘆息した。

「で、寺町はどうしたいんだ？」

「どう、とはどういうことでしょう」

穏やかな笑みを浮かべる寺町に若干イラつき、目付きが悪くなってしまう。

「しらばっくれるな。そこまで長々と文句を垂れるくらいに色々溜め込んでいるんだ。自分の本当の願望くらい、優等生なら楽勝でわかっているだろ」

そもそも、この空き教室を私物化して、勉強そっちのけで服作りなんてしている時点で、親の命令に従っていない。大人しく優等生をやるようなタマではないのだ、この少女は。

「願望、ですか……。そうですね、わたしが望んでいることくらい、わかっているつもりです。ついでですから、その願望も口にしてよろしいですか？」

「いいよ。ここまで聞いたんだ。寺町が言いたいことを全部聞いてやる」

劉生が両手を広げてみせると、黒髪の少女は緊張した面持ちで制服の乱れを直し、深々と頭を下げてきた。

「高村君、わたしとお友達になってくれないでしょうか」

彼女の願望を聞いて、一瞬固まってしまう。

「お、おう……？　お、俺が寺町の友達、か」

思いがけない言葉に、どう返答したものかわからず、口ごもってしまう。

「ダメ、でしょうか」

不安そうな、泣きそうな顔をする寺町の前で、バタバタ手を振って否定する。

「いやいや！　予想外だっただけだ。てっきり『友達作りを手伝ってほしい』とか言ってくると思ってた」

扇奈だったらそんなお願いをするだろう。そして、他の人間もそうだろう。ああいう身の上話をされた上で頼まれたら、なかなか断りにくい。

すると、寺町はちょっと微笑み、

「友達作りは、自分でなんとかするものでしょう。誰かにお願いしてなんとかするものではないと思います」

「おっしゃるとおり、ごもっとも」

この少女、本当に強い。

実のところ、劉生は寺町にシンパシーを覚え始めていた。

劉生は父親を嫌っているし、寺町も過干渉の親に辟易している。劉生は扇奈と共に落ち着ける居場所として旧伏見家を選んだし、寺町はこの空き教室を自分だけの場所にした。とても似ている。共通点がある。劉生と寺町は近い部分がある。

しかし、その一方で寺町は劉生にはないものも持っている。自分でなんとかしようという強さだ。

劉生は嫌いな父親に対して、何かを言ったり行動を改めさせようと努力したことはない。せいぜい家庭内で無視している程度だ。彼の所業を改めさせようとは思わない。無駄だと諦めている。居場所にしても、たまたま旧伏見家を見つけたから、これ幸いと飛びついただけだ。一生懸命努力して探し出したわけではない。

だが寺町は違う。表向きは親に従っているふりをしつつも、密かに裁縫の練習を重ね、教師をだまくらかして居場所も確保している。なかなかにしたたかで、努力家だ。

劉生は寺町の立場だったとして、果たして同じように立ち回れるだろうか。いや、とても無理だろう。

「寺町、すまなかった」

「た、高村君……？」

突然頭を下げる劉生に、寺町が困惑する。

「俺は寺町を軽く見ていた。いや、侮っていた。勉強するばっかで、勉強しか能がないつまらない奴だと思っていた。でも、寺町はつまんない奴なんかじゃない。寺町はすごい奴だ。自分が置かれた環境の中で、好きなものを見つけて、あがいて、知恵を絞って、頑張っている。普通なら、仕方がないって諦めるか、全部を放り出すかのどっちかだ。でも、寺町はどちらも選ばず、腐らず、不満足な現状に食らいついている。強いし、すごいと思う。尊敬する」

寺町は劉生に少しだけ似ている。だがそれ以上に、劉生よりずっと大人ではるかに立派な人間だ。同い年だが、憧れさえ抱く。

「だから、こっちからお願いしたい。俺と友達になってくれ」

よろしくお願いしますと手を差し出す。

大袈裟で大仰で、一世一代の愛の告白みたいになってしまった。でも恥ずかしいとは思わない。

これが劉生の精一杯の誠意だからだ。

すると、寺町はふんわりと幸せそうに笑い、劉生の手を両手で包み込んだ。

「高村君――いえ、劉生君と呼ばせてください。わたしは、わたしが強いとかすごいとかちっとも思いません。だって、友達作りは自力でなんとかするべきとわかっていても、親の命令を言い訳にして、十六年間何も行動してこなかったんですから。その勇気がなかったんです。友達になってください、なんて生まれて初めて言えました」

彼女の小さな手は綺麗ではない。ペンだこはあるし、針で作った刺し傷もある。白魚のような手、とはとても表現できない手だ。だが、努力と意志の強さを感じられる。これは、信念ある者の手だ。

「劉生君だから、友達になってくださいと言えたんです。あなたが、そう言える勇気をくれたんです」

「俺は何もしていないけど」

「モデルになってくれてるじゃないですか。我ながら、かなりとんでもないお願いをしていると思いますよ」

寺町がクスクスと笑う。

「劉生君にモデルをお願いしたのは、あなたの体がモデルとして理想的だったというのももちろんあります。でも、それだけではないんです。わたしは、あなたのことをずっと見てきましたから」

「俺を？」

夕焼けを吸い、琥珀色の光を湛える瞳で見つめられて、一瞬ドキッとしてしまう。

「最初は体を鑑賞するためです。どんな服を着せたら似合うかなとか、あのウエストは何センチなんだろうとかそんなことを考えながら見ていました。でも、そうやって見ているうちに、内面も見るようになっていきました。そして気づいたんです。この人は器が大きな人だと。友達のためなら少々の苦難や面倒なんて余裕綽々で受け入れてしまう大きな度量を持った人なんだと」

褒められて、戸惑う。

手先が器用とか根性があるとか、そういう風に褒められたことはあるが、度量が大きいと褒められたのは生まれて初めてだった。

「俺、そんなにいい性格の人間じゃないぜ」

否定するが、寺町ははっきりと首を横に振り、

「いいえ、そんなことはありません。わたしは、わたしが強いとかすごいとか、そんなことはちっとも思いませんけど、人を見る目は確かだと自負しています。そんなわたしが断言します。あなたはとてもすごい人です。だから、友達になってほしいんです」

そこまで言われると、何とも面はゆい。

「劉生君、これからよろしくお願いします」

「あ、うん、こちらこそ」

寺町が頭を下げてきたので、劉生も慌てて頭を下げた。

何とも奇妙(きみょう)な感じだ。普通、友達になるのに「友達になってください」なんて言わない。何かのきっかけで話すようになり、遊ぶようになり、いつの間にか仲良くなっているのが友達だ。少なくとも、劉生は扇奈や智也に「友達になってくれ」なんて言ったことはない。

わざわざ言葉にするなんて実におかしい。だが、生真面目(きまじめ)な寺町らしいとも思えた。

「ところで、友達って何をするものなんですか?」

さっぱりとした表情になった寺町が訊いてくる。

「手をつないで登下校とかでしょうか」

「それはカップルだな」

「相合傘(あいあいがさ)」

「それもカップル」

「河原で決闘(けっとう)」

「それはライバルだな」

「縁側(えんがわ)で日向(ひなた)ぼっこしながらお茶を飲むなんてどうでしょう」

「それは老夫婦」

訂正されまくると、彼女はうーんと考え込んでしまった。

「そんな真面目に考えることでもないだろ。話して、遊んで、時間を共有できたらそれで友達だ。そうだな、まずは暇な時間にメッセを送り合うとかしようぜ」

スマホを取り出して見せると、とりあえずスマホを手にした寺町が困り顔になった。

「あの、ぜひともやってみたいところなんですが、わたしのスマホは定期的に親が中身をチェックするんです。友達と、しかも男の子とやり取りなんてしたら、何を言われるかわかりません」

「へーきへーき。方法や口実はいくらでもあるって」

寺町の手からスマホをひょいと取り上げ、慣れた手つきでメッセージアプリをインストールしてアカウントを作成し、さらに、自分のアカウントとフレンド登録した。

「たとえば、政治家や大学の公式アカウントをチェックするのは少しもおかしくないだろ？　とにかくたくさん登録しまくって、その中に名前をそれっぽく変更した俺のアカウントをまぎれこませておけばまずバレない。教師に生の情報も大事だって言われたとか言えばアプリそのものは大丈夫だろうし」

「なるほど、それはいい案ですね」

返してもらったスマホを両手で大事そうに握り締めつつ、寺町が感心しきりに頷く。

「寺町みたいに親にスマホ見られるって奴、たまにいるしな。そういう奴から色々テクニックを聞いたことある。なんだったら、もっと聞いて寺町に教えて――」

「『奏』でお願いします」

「うん？」

「劉生君は、仲のいいお友達を下の名前で呼んでいるでしょう？　わたしもそうなりたいですから、どうかそうしてください」

はにかみつつ、そしてどこか誇らしげに、寺町――奏は、お願いしてきた。

§§§§§§§§§§§§

廊下から壁に耳を押し当てて劉生と寺町奏の会話を盗み聞きしていた扇奈は、そっとその場から離れ、帰宅の途に就いた。

自転車を漕ぐ足にいつもよりも力が入る。

「急がなくちゃ。急がなくちゃ……！」

焦燥感が、自転車のペダルを漕ぐ扇奈の足にいつも以上の力を入れさせた。

これでも、努力してきたつもりだ。

扇奈は自他共に認める不器用である。子供の頃から、工作すれば素材を粉々にしていたし、絵を描けばクラスメイトが泣き出すような絵しか描けなかった。楽器を鳴らせば聴衆が耳を覆うような騒音を奏でたし、裁縫をすれば布を真っ赤に染め上げてしまう。

料理だって、ひどい物しか作れなかった。

そういう不器用な人間だったけれど、料理だけは努力し続けた。劉生に自分が作った料理を食べてもらいたい、美味しい料理を食べてもらいたいと、多くの時間と果てしない労力を費やし、ようやく褒めてもらえるまでになった。

こんな私でも、できるんだ……！

その努力は、扇奈にとって誇りであるし、自己を確立させる重要なファクターだ。救われてばかりだった劉生と対等に接することができるのは、この料理の腕前とそのために積み重ねた努力があるからこそとも言える。

「だけど……！　だけど……！」

当たり前といえば当たり前のことだが、努力しているのは扇奈だけではない。他の人間だって努力をしている。劉生だって努力している。他の学生たちも努力している。

そして、寺町奏だって努力している。

彼女の努力は素晴らしい。恵まれない環境の中でそれでもくじけず自分の好きなもののために積み重ねたその努力は、賞賛するしかない。

だからこそ、扇奈の心に焦燥感が生まれる。

その焦燥感が、ペダルを漕ぐ足に力を入れさせる。

早くキッチンに立ちたい。

そんな気持ちのおかげで、いつもの半分ほどの時間で自宅に到着した。自転車置き場に自転車を停め、急いで家に入ろうとする。

「……あれ？」

家に明かりがついている。今日は家政婦さんが来てくれる日ではない。泥棒だったらセキュリティサービスが駆けつけている。となると……。

「おかえり」

リビングにはスーツ姿の父親がいた。ソファに腰かけて何かの書類に目を通している。

「お父さん、どうしたの？　まだ太陽が見えるんだけど」

「こういう日もある」

「私の記憶だと、今までそんな日はなかった気がするんだけど」

扇奈の両親は日が沈む前どころか、日が変わる前に帰宅することだって珍しい。

「お前の方こそ、最近どこに行っているんだ。家政婦の柴田さんが、帰りが遅いと報告してくれたぞ。変なところに行っているんじゃないだろうな」

「安心して。ものすごく健全な場所だから」

父親には、おじいちゃんの家を勝手に放課後の居場所にしていることは告げていない。いい顔をしないのは目に見えているからだ。

「それに、劉生と一緒だし」

「高村君か……」

劉生の名前を出すと、父親はなんとも言えない渋い表情になった。

「彼も思春期の男の子だ。夜遅くまで一緒にいて、何か間違いが起きたらどうするんだ」

「それも安心して。絶対にないから」

今まで間違いが起きそうなチャンスを何度か作ってみたが、実際に起こったことはない。

「彼が悪い子じゃないのは、わかっているんだがな……」

父がブツブツ言い出したが、かまっている暇はない。料理の練習をしなければ。

「そうだ。お前宛に荷物が届いているぞ」

さっそくエプロンをつけてキッチンに向かおうとすると、父がリビングの隅に置かれた段ボール箱を指差した。

「あ、もう来たんだ」

通販サイトのロゴが描かれた箱に飛びつき、ガムテープをビリビリ剥がす。

中身は炭だ。それも、最高級の備長炭である。炭火で調理すると料理が一層美味しくなるとネットで見たので、試しに購入してみたのだ。劉生が喜んでくれたらいいのだけれど。

「扇奈、そんなものどうするつもりだ。うちの庭でバーベキューなんてするなよ。近所迷惑になる」

送り状で中身を確認していたらしい父親がそんな注意をしてきた。

「うちではやらないから安心して。子供じゃないんだから、それくらいわきまえてるわよ」

それだけ言って、いそいそと段ボールを自分の部屋に運び込む。

頭の中は料理のことでいっぱいになって、険しい顔つきになった父親がタブレット端末で何かを調べ始めたことなど、どうでもよかった。

「市内で煙を出しても苦情が出ない場所などそうはない。キャンプ場……？　いや、市内のキャンプ場は、どこも車がないと行くのに苦労する場所ばかりだ。となると、もしや……」

劉生(りゅうせい)は、自分が思っているよりも正直らしい。

六時間目が終わると、いつものように奏(かなで)が歩み寄ってきて声をかけてくれたのだが、その言葉は「さようなら」ではなかった。

「あの、劉生君、大丈夫ですか？」

置き勉する教科書と持って帰る教科書を選別していた劉生は、その手を止めて彼女(かのじょ)を見上げた。

「大丈夫って何がだ？」

怪訝(けげん)な顔で問い返すと、奏は困ったように目を泳がせながら、

「いえ、その……今日の劉生君は元気がないように見えましたから。お加減が悪いのかと」

「そうか？　俺は元気だけど」

自分の頬(ほお)をぐにぐにと撫(な)で回す。

「大丈夫なら、よろしいんですが」

そう言いつつ、奏の泳いでいた目が隣の教室の方へ向かう。

「……やっぱり、伏見さんがいないとダメですか？」

「は？」

「いえ、おかしなことを言いました。それでは、また明日」

小柄な少女は、自分を戒めるように口元を押さえ、一礼して去って行った。

「……なんだかなぁ」

彼女の小さな背中を見送りつつ、思わずぼやいてしまう。

今日、同じような質問をしてきたのは奏だけではなかった。智也にも「保健室に行ったら？」と言われたし、他のクラスメイトにも「調子悪いのか？」と心配されてしまった。

劉生的にはいつもどおりなのだが、どうやら傍目には全然違うらしい。

今日、扇奈が学校を欠席した。

彼女が欠席したなんて、劉生が記憶している限り、祖父が亡くなった時くらいだ。中学時代、つらい時も、保健室登校ではあったが、欠席はしなかった。元来、彼女はとても真面目な生徒なのだ。

そんな彼女が学校にいない。なかなかレアなことではある。

しかし、それが自分の不調につながっているなんて、断じて認めたくない。

「……昼飯が菓子パン二つだけだったからだな」

吐息混じりにそんな言い訳を口にしてみる。だが、それはそれで扇奈に餌付けされているみたいでなんとも情けない。

いやいや、今日は寝不足だからだ、と別の言い訳を思いついて自分に言い聞かせていると、スマホが制服のポケットの中でブブブと震え出した。

扇奈からかと思ったが、そうではなかった。ディスプレイには、登録されていない電話番号が表示されている。

しばし振動し続けるスマホを眺めていたが、おもむろに応答ボタンをタップする。

『ようやく出たか。出ないのではと冷や冷やしたぞ』

スマホに耳を当てるや否や、やれやれと言わんばかりの声が聞こえてきた。

『私だ。扇奈の父だ』

「なんだ、おじさんですか。よく俺の番号がわかりましたね」

『君のお宅に電話をかけて、君のお父さんから教えてもらった』

「……そうですか」

驚きはない。あの父親のことだ、さっさと電話番号を教えた方が制作活動に戻れる、とでも考えたのだろう。

「それで、何かご用でしょうか」

『もちろん用はある。娘のことだ』

「今日、学校を休みましたけど、風邪ですか？」

『違う。ピンピンしている。元気すぎるとも言える』

受話口から聞こえてくる声は、とても疲れていた。


劉生が自転車を飛ばして桜ヶ丘に向かうと、扇奈の父親が登り口で待ち構えていた。

「来たか」

挨拶もせずに曲がりくねった坂を上っていく。

「扇奈、どうかしたんですか？」

枯れ木を思わせる背中の後を追いつつ、素っ気なく尋ねる。

電話では、とにかく急いで来いとしか言われていない。

「最近、君たちは父の家で色々やっているようだな。子供が勝手なことをするんじゃない」

一方的な物言いにムッときて、意図的に敬語をやめる。

「あんたがあの家を壊すなんて言うからだろ。だったら、俺と扇奈で修理して使えるようにしてやろうと思っただけだ」

「あの家の老朽化はかなりひどい。もう家としての寿命は尽きている」

「勝手なことを言うな。建築業者でもないあんたが――」

「待ちたまえ。あの家について、君と議論する気はない。今の問題は娘だ。最近、娘がおかしなものを買っているので、もしやと思って実家を見に行くと、見慣れないテーブルや椅子があったりバーベキューの痕跡があったり、風呂を使った形跡があったりするのを発見した。すぐに、君と娘がここで何かしていると察した。取り壊す家が子供たちの遊び場になるのはよくない。私は予定を早めて、すぐにでも取り壊そうと決めた」

「なんだと……⁉」

気色ばみ、食って掛かろうとする劉生を、扇奈の父親は手で制し、言葉を続ける。

「そして、そのことを昨日、電話で娘に伝えた。すぐにでも取り壊すから、もうあの家には近づくな、と。すると、扇奈は家を飛び出したらしい。昨日のうちに気づければよかったのだが、私も妻も昨晩は帰宅できなかった。気づいたのは、今日取り壊しの業者から、家に誰かいると連絡があってからのことだった」

「……なるほど。つまり、扇奈があの家で何かやらかしているってことか」

「君には責任を取ってもらう」

そんな強い言葉と同時に到着した旧伏見家では、予想通りの光景が広がっていた。

解体業者と思しき作業着姿の大人が数名、困惑した表情を浮かべて家の前に立ちつくしていた。彼らの手には、バールやのこぎり、ハンマーといった大工道具が握られている。坂道が細いせいで重機を入れられないから、人力で家を壊すつもりなのだろう。

奇異の視線を注がれるが、気にせず旧伏見家の方に目を向ける。

まず目につくのは、『取り壊し絶対反対!!』とデカデカと書かれた横断幕だ。一枚ではなく、まるで家をラッピングするかのように玄関やら壁やら屋根やらに何枚も掲げられている。文字が一色ではなく、ライトブルーやら蛍光イエローやらショッキングピンクやら、やたらカラフルなのもラッピングらしさを助長させていた。

生垣や門扉に目を向けると、有刺鉄線がグルグルと巻きつけられて敷地内に入れないようにされている。しかし、有刺鉄線もローズレッドやスノウホワイト、リーフグリーンに塗装されているので、どうにもクリスマスツリー的だ。

日本史の教科書で見た学生運動や過激派の立てこもりのように見えなくもない。が、無駄にカラフルなせいで緊張感に欠けてしまう。扇奈らしいとも言えるのだが。

「こうやって見ると、華やかでなかなかいいじゃないか」

「笑えないな、そのジョークは」

実際、扇奈の父親は困り切った表情だった。

「どうやら、昨夜のうちに一人でやったらしい。あの子はこういう時に信じられない力を発揮する」

「漫画の主人公みたいだな」

劉生が冗談めかして言うが、会社社長の苦虫を噛み潰したような顔は少しも緩まない。

「私が取り壊しを諦めるまで立てこもると言ってるのだ」

「へぇ……」

「私では無理だった。君に説得してもらいたい」

「なんで俺が。無理矢理引っ張り出せばいいじゃないか」

女子高生一人対複数の大人だ。力勝負をすればどうなるかなんて、子供でもわかる。

しかし、扇奈の父親はシンプルな理由を口にした。

「娘に怪我をさせたくない。だからこそ、君を呼んだのだ。娘も君の言葉なら耳を貸すはずだ。娘を説得して家から引っ張り出してほしい」

確かに、劉生ならその可能性はある。

「………」

黙って古びた家を眺めていると、扇奈の父親が苛立った口調で詰め寄ってきた。

「君にはそうする義務があるはずだ。大方、ここを遊び場にしようと言い出したのは、君の方だろう。娘がこんなことをしでかしている責任の一端は、君にある。君も娘を外に出すための努力はするべきだ」

義務、か。

行動には義務と責任が伴う、とはよく言われることだ。自分で決めて何かを始めたら、それによって発生した様々な問題やトラブルは、自分で解決しなくてはならない。間違っても他人に責任を押しつけたり、尻拭いを任せたりしてはならない。

扇奈の父親が言うとおり、扇奈が立てこもりなんてとんでもないことをしでかした発端は劉生にある。ならば、この事態を収拾する義務と責任も、劉生にあるはずだ。

劉生は、『義務』と『責任』という言葉を軽々に扱いたくない。

「扇奈を説得したまえ」

動こうとしない劉生に対し、扇奈の父親が一段強い口調で命令してきた。

その言葉に根負けしたように、あるいは、その言葉を無視するように、扇奈の父親の横をすり抜けて、困惑顔で立ち尽くす解体業者に頭を下げる。

「すみません、ペンチとハンマーと軍手を俺に貸してくれませんか」

「いや、しかし、それは……」

素人の高校生に貸していいものかと、解体業者はますます困り顔になってしまう。

「私からもお願いする。貸してやってほしい」

依頼主も頼むと、解体業者は気が進まないながらも道具を貸してくれた。

ありがとうございますと礼を言いながら借りた軍手をはめ、ハンマーの具合を確認する。

見た目はさほど大きくないが、振ると遠心力が働くのか、結構重い。

「さて、そんじゃあやるか」

意図的にやる気が感じられない調子で呟き、門扉を蔦のように覆う有刺鉄線をペンチでバチンバチンと切断していく。

門扉を開くことに成功した劉生は、玄関の戸に手をかけた。

が、開かない。

おかしいなと思いつつ、磨りガラスの向こう側をよくよく見ると、木の板が×の字に打ち付けられていた。

「あのヤロ、いつの間にこんなことを……！」

思わずそんな声が漏れてしまう。これは完全に予想外だ。

どうやら釘で打ち付けてあるらしく、力を込めても少しも動かない。

それでもどうにか外れないかとガタゴトやっていると、中から扇奈の声が聞こえてきた。

「――劉生？」

さあ、ここからが勝負どころだ。腹に力を入れ、気持ちを引き締める。

「おい、ここを開けてさっさと出て来い」

打ち付けられた板の隙間からチラチラ見えるシルエットに向かって、わざと乱暴に、高圧的に、命令する。

「え……？」

磨りガラスの向こうで、扇奈が大袈裟に息を呑んだ。

劉生はそんな扇奈の動揺を無視するように追い打ちをかける。

「お前がやっていることは単なる迷惑行為だ。親父さんがこの家を壊すと言ってるんだ。子供が邪魔をするんじゃない」

乱暴だが、簡潔な説得に対し、戸の向こうから扇奈がヒステリックに叫び返す。

「嫌よ！　私はお父さんにこの家を壊すのを待ってってお願いしたのよ!?　なのに、全然聞く耳持ってくれなかった!!　だったら、こういうことをするしかないじゃない!!」

「聞く必要もないってことだろ」

「おじいちゃんの思い出が詰まった家を残したいって気持ちは、聞く価値のないことだって言うの!?　そんなのあんまりでしょ!!」

「それを決めるのは、ガキじゃなくて大人だってことだ」

「子供とか大人とか関係ない！」

「仮にそうだとしても、この家の権利者は親父さんだ。あんたじゃない」

「私はおじいちゃんの孫よ！　口を出すくらいいいじゃない！」

二人の言い合いは流れる水のように滑らかに続く。門扉の側で様子を窺っている扇奈の父親も、解体業者も、口を挟む隙はない。

「まるっきり子供のわがままだな」

「そーよ!?　だからなに!?　それの何が悪いのッ!?」

開き直りにしか聞こえないことを悪びれもせず、扇奈は大声で叫ぶ。

それを聞いて、劉生はこっそり苦笑してしまった。

そうなのだ。自分たちがやっていることは、誰がどう見たって子供のわがままだ。やっている本人たちでさえ、そう思ってしまうほどみっともないわがままだ。

だが、だからこそ、取るべきけじめというものがある。

「家から立ち退く気はないんだな？」

「当たり前でしょ！　何日だって引きこもってやるんだから！」

「そうか。なら、しょうがない。実力行使をするしかないな」

「やれるもんならやってみなさいよ！　そんな脅しで屈したりしないんだから！」

「わかった。だったら、無理矢理引きずり出してやる」

さあ、ここからが本番だ。

気合を入れ直し、携えていたハンマーを肩に担ぎ直す。

ずっと黙っていた扇奈の父親がさすがに不安になってきたのか、口を挟んできた。

「お、おい、あんまり無茶をするんじゃない。もっと穏便に説得したまえ」

「なんとかしろって言ったのはあんただろ。大丈夫、手っ取り早く終わらせるから」

これ以上何か言われても困る。まだ何か言いたそうな大人を放置して、玄関の脇に回り込む。そして、苔や土埃で覆われている木壁をゴンゴンと殴ってみる。相当劣化している壁は、たったそれだけでもパラパラと木屑を落とした。

「え……？　ちょっと、何をする気よ……？」

壁を殴る音を聞いた扇奈が、壁の向こうからサスペンスドラマで殺人犯に追い詰められる被害者のような怯えた声を漏らす。

「お前が言ったんだろ。やれるもんならやってみろって。だから、ぶっ壊すんだよ」

「私が中にいるのよ⁉」

「関係ねぇな」

ぶっきらぼうに言って、無造作にハンマーを振り下ろす。

ドォン!!　と爆発音にも似た大きな衝撃音が無人の町に響き渡った。

ハンマーの柄から木の板を砕く感触が伝わってくる。想像していたよりもずっと重たい。

「キャーッ!!」

衝撃のせいで全体がグラグラと揺れる家の中から悲鳴が聞こえ、大人たちが背後で慌て動揺する気配が感じられる。

「黙って見てやがれ！」

そんな大人たちを一喝し、全身の力をハンマーに込めて何度も何度も振り下ろす。

「ほらほら、壊れるぞ。怪我したくなかったら、さっさと家を出た方が身のためだぞ」

ドォン!!　ドォン!!

劣化しているとはいえ、何十年も家を守り続けた壁だ。漫画やゲームのように簡単には壊れない。ハンマーを振るう手も痛くなってくる。

だが、繰り返しハンマーを叩きつけるうちに、放射状のひびが少しずつその長さを伸ばし、細かい木片がボロボロと落ちていく。

「キャー！　イヤー！」

遊園地の絶叫マシンに乗っているみたいな悲鳴をＢＧＭに、ハンマーを振り続ける。

——ビキリ。

何度目だっただろうか。決定的な終わりを告げる嫌な音が聞こえた。

さあ、とどめにして、クライマックスだ。

「さっさと、壊れろ！」

派手に壊れてくれよと祈りつつ、ありったけの力を込めてハンマーを壁に叩きつける。

ひびが一気に壁全体に広がり、緻密で繊細な蜘蛛の巣を描き上げた。

が、それもほんの一瞬。

壁は一気に崩壊し始めた。木片がバラバラと雨のように降り注ぎ、土煙が大きく舞い上がる。

「——手間取らせんじゃねぇよ」

木の雨と土煙が収まると、壁にぽっかりと大きな穴が開いていた。

大穴から家の中に夕日が丸く差し込み、ぺたんと座り込んだ扇奈がスポットライトを浴びたように浮かび上がって見えた。彼女の金髪がチリチリと光を散らす。

ハンマーを担いだまま、足元に転がる木片を乱暴に蹴り飛ばして家の中に侵入する。

見下ろす劉生と、見上げる扇奈。

「さっさと出やがれ。それとも、お前もこいつで叩き潰されたいのか？」

「こんな横暴、許されると思ってるの⁉」

劉生がそれまで以上に乱暴な口調で言うと、扇奈もそれまで以上にヒステリックに叫んだ。

「文句を言うなら、お前の親父に言え。こっちは言われてやっただけだ」

「これが大人のすること⁉」

「大人に従わないガキが悪いんだろ」

「大人が必ず正しいってわけじゃないでしょ！」

扇奈の叫びに呼び出されたように、彼女の父親がハンカチで口元を押さえながら大穴をくぐって入ってきた。

「やれやれ、随分と乱暴なことだ。だがまあ、こうした方が手っ取り早いのも確かか。ご苦労だった」

――よし。

その言葉を聞いた劉生は、心の中でガッツポーズを取った。今の台詞はなかなかよかった。扇奈の方を見ると、彼女もにんまりと笑っている。

「きちんと撮れているか？」

手にしたハンマーを興味を無くした玩具のようにがらんと放り出し、今の今まで乱暴な言葉をぶつけていた少女に気軽に尋ねる。

それに応じる扇奈の方も、ヒステリックな調子はさっぱり消え失せ、むしろ機嫌よさそうに頷いた。

「大丈夫だと思うよ。私のスマホ、カメラ機能いいし。それに、最悪音声さえあれば十分なんじゃない？」

「まあな」

扇奈が握っているスマホの画面を肩越しに覗き込むと、たった今繰り広げられた二人の言い合いがバッチリ録画されている。

雨戸が閉め切られているせいで映像は全体的に暗かった。だが、その分、ラストの壁が破壊されて外の光が差し込んでくるシーンが強烈に感じられる。さらに、その光の中から姿を現す扇奈の父親はいかにもラスボスのようだった。

「よしよし、いい感じだ。打ち合わせ通りにいったな。けど、戸の木の板にはビックリしたぞ。いつの間にやったんだ？　つーか、やる意味あったのか、あれ」

「戸とか雨戸が簡単に開くようじゃ壁を壊す理由付けが弱いかなーって思っちゃって。劉生が帰った後、徹夜で頑張ったんだよ」

言われてみると、玄関の戸だけでなく雨戸にも釘がびっしりと打ち付けられて、ちょっとやそっとでは開かないようになっている。折れ曲がったりおかしな角度で打ち付けられている釘も多数あるが、扇奈の不器用さを鑑みれば、よくやったと賛辞を贈るべきか。

「マジですごいけど、動画に映らないから ここまでやらなくてもいいような」

「いやいや、画面に映らないところも大事にしないとリアリティは出ないってば」

「お前はどこぞの有名映画監督か？」

白い目で見るが、扇奈が得意そうに胸を張り、

「おかげで取り壊しに反対する健気な美少女と、取り壊しを強行しようとする非道な父親と、それに従う悪質解体業者って構図の動画が撮れたんだからいいじゃない」

「自分で健気とか美少女とか言うんじゃねー」

「ほらほら見て。劉生のにじみ出るチンピラ感がいい味出してるよ。さすが劉生」

「褒めてねーな、お前」

扇奈の父親は事態の意味が理解できず呆然とした面持ちで仲良くスマホを見る娘とその友達を見ていたが、ようやく二人の企みに気づいたようだった。

「だ、騙したのか、この私を……！」

怒りと失望がない交ぜになった言葉を聞き、ゆっくりと振り返る。

「人聞き悪いこと言うなよ。俺はあんたに協力するなんて一言も言ってないぞ」

「劉生ー、ものすごーく悪役っぽい笑顔になってるよー。ちょっと引くー」

「こんなに好青年な俺に失礼なことを」

「うっわ、『好青年』とか自分で言う？　ますます引くんですけど」

「おい、自称『健気な美少女』。特大ブーメランを投げているって気づいてるか？」

　昨晩遅く、扇奈から家の取り壊しが早まったと連絡を受けた。

　二人は急いで合流し、どうすべきか、どうしたいか話し合った。そして思い付いた策が、劉生がガラの悪い解体業者を演じ、嫌がり怯える扇奈が家にいるにもかかわらず強引に家を解体しようとする映像をでっち上げるというものだった。

　これをネットにアップしてやるぞと言えば、大人たちは怯むはずだ。扇奈の父親にしても解体業者にしても、社会的地位というものがある。そういう大人にとって、ネットでのバッシングは致命傷にもなり得る恐ろしいものだ。

「だいたい、気づかないあんたもどうかしている。超絶不器用なこいつが一人でバリケードとか作れるはずないだろ。『あの子はこういう時信じられない力を発揮する』だっけか。ポンコツなこいつにそんな力あるわけないだろ。あんた、自分の娘に夢見過ぎだ」

　ギャハハハハと嘲笑してやると、父親ではなく娘の方に叩かれてしまった。

「ついでに言えば、あんたの行動も読みやすかった」

即決即行動が信条の扇奈の父親が、今日解体業者に依頼するのは容易に予想できた。なので、二人は徹夜で色々準備し、扇奈はこの家に立てこもり、劉生は扇奈の父親が助力を求めてくるのを待ち構えていたのだ。

「さぁて、どうする？　ネットで炎上って、ものすごーく怖いよな」

動画がループ再生しているスマホを見せびらかしながら不敵に笑うと、扇奈の父親は悔しげに睨みつけてきた。

「高村君、わかっているのか？　君がやっていることは脅迫だ。君がそこまでやる必要があるのか？」

「ないな」

即答する。

「だけど、扇奈がこの家を取り壊させたくないって言ってきたんだ。だったら、俺は扇奈の味方をするに決まっている。そうしなかったら、明日の俺は俺を大嫌いになっているだろうからな」

劉生は、扇奈を裏切ったり悲しませたりしないと、彼女の涙に誓っている。もしもその誓いを破ったら、劉生は自身を嫌悪するだろう。

「俺の信条は『自分を嫌うのはやめよう』なんだ。嫌いになったら、その信条を守れなくなる」

「その言葉は……！」

劉生がサラリと言った言葉に、扇奈の父親が気色ばむ。

この信条は、扇奈の祖父に教えてもらったものだ。この言葉が、劉生に自分を否定させるのをやめさせたし、信念や正義を貫く強さも与えてくれた。この信条は裏切れない。

客観的に見て、扇奈の父親の言い分の方が正しい。老朽化した家を、迷惑をかけないように責任を持って解体しようとしているのだ。多くの人間は彼の方が正しいと言うだろう。

しかし、劉生と扇奈の立場から見たら正しくない。この家には、扇奈の祖父との大事な思い出が詰まっている。そして、二人にとって大切な居場所となりつつある。

扇奈の父親は怒りと屈辱で拳をブルブルと震わせていたが、大きく深呼吸をして、それらの感情をグッと抑え込んだ。表面上は平静に戻ったように見える。

「高村君、君はもう少し大人だと思っていたんだがな。失望した」

「あんたにどう思われようとな。というか、俺があんたにホイホイ協力するわけないだろ。俺は自分の意見を押しつけるような大人が、反吐が出るほど嫌いなんだ」

「……そうだな。君はそういう少年だった。安易に君に頼った私が愚かだったか」

扇奈の父親が疲れたため息を漏らす。

「で、お父さん、どうするの？　これをネットに流したり、マスコミに渡したりしたら結構困るんじゃないの？」

扇奈が劉生の手の中のスマホをツンツンとつつく。

「扇奈、お前も私を脅迫するというのか」

「お父さんがこの家をいきなり壊そうとするのが悪いんじゃない。来年って言ってたのに、ひどすぎる。ここはおじいちゃんが大切にしていた家で、今は私たちにとっても大切になりつつある場所なの」

「それは、お前たちが――」

と、扇奈の父親は何かを言いかけ、その言葉は言うべきではないと判断したのか、グッと呑み込んだ。代わりに、別の言葉を吐き出す。

「では、逆に聞く。お前たちはどうするつもりだ。この家が寿命を迎えているのは厳然たる事実だ。そんな家を、子供の遊び場にするためだけに保存するなど、私にはできない。それとも、学生のお前たちがここの維持費を払ってくれると言うのか？」

「それは……」

扇奈が黙り込んでしまう。

そう、正しいのは扇奈の父親の方で、劉生たちはわがままを言っているだけだ。

それは、否定できない事実である。

そんなことはわかっている。

わかったうえで、こんなことをしでかしたのだ。

劉生は曇り顔になった扇奈の肩を安心させるためにポンと叩き、一歩前に出た。そして、扇奈の父親に向かってきっぱりと言う。

「この家を売ってくれ。俺がここに住む」

「劉生……⁉」

簡単なことだったのだ。この家が朽ちていくのは、人が住んでおらず手が入らないのが大きな要因だ。だったら、この家に人が住めばいい。

「高村君、本気で言っているのか？　君は本気でこのボロ家に住む気なのか？」

「もちろん」

扇奈の父親の険しい視線を受けながら、強く首肯する。

「わかっているだろうが、この家は住むには不向きな家だ。特に若い君には不便を感じることが多いだろう。それでもこの家に住むと言うのか？」

この家が不便なのは、もう十分にわかっている。

家はボロボロで家具もない。電気もガスも使えない。近所に人もいなければ店もない。きつい坂道を上らなくてはいけない。あれもない、これもない。何もない。

今の生活も決して裕福とは言えないが、ここでの生活はそれをさらに下回るだろう。

それでも、劉生はこの家に住むと決めた。

これが劉生なりの『義務』と『責任』の取り方だ。

この家を修理して自分たちの居場所にしようという劉生の思い付きが、こういう事態を引き起こした。この家を大人の理屈で一方的に壊されるのは我慢ならないが、かといって、子供のわがままで扇奈の父親に不利益をもたらすのも不本意だ。だったら、この家の全てを、発端である自分が背負い込めばいい。

昨晩、扇奈から連絡があった時から考えていたことだった。

「そういう無茶を思いつくのは、若いからか、それとも……」

扇奈の父親が口の中でブツブツ言いながら考え込む。その視線が、娘の方へ、その友人の方へ、フラフラと幽霊のように彷徨う。

やがて、冷淡な面持ちで口を開いた。

「ろくな経済力もない高校生に家を売るなんて、できるはずがない。銀行に住宅ローンを申請しても、書類審査で落とされるのは確定的だ。そんな人間と売買契約を結ぶなど、社長という立場にある社会人として、できるはずがない」

「金は——」

校則違反覚悟でアルバイトをする、と言いかけたが、扇奈の父親は劉生の言葉に耳を貸さず、思いがけない提案をしてきた。

「だが、賃貸契約ならば話は別だ。賃貸契約ならば、学生でもよくする」

「賃貸？　ここを借家にするってことかよ」

全く予想していなかった提案に思わず目を丸くする。扇奈も意外そうな顔をしている。

「ただし、いくつか条件がある。貸すのは君が高校を卒業してからだ。高校生のアルバイトの収入など、たかが知れている。それから、繰り返しになるが、この家は人が住める状態ではない。ここに住むと言っておきながら、やっぱり住みにくいと夜逃げでもされたらたまらん。人が住めるレベルにまで君自身の手で修理したまえ」

と、畳の上にちょこんと載せられた手作りのテーブルと椅子に目を向ける。

「修理のための援助は一切しない。君が全て独力でなんとかしたまえ。期限は、本来取り壊す予定だった一年後だ。一年後、私の知り合いの不動産屋にでも判定してもらおう。これでどうだね？」

父親の条件を聞いた扇奈が戸惑いの表情を浮かべる。

「お、お父さん、どうしたの？　ケチで、情けとは無縁で、頭に電卓かそろばんが詰まっているとしか思えない人間なのに、そんな条件を出してくれるなんて」

「扇奈。お前は自分の父親をそんな風に見ていたのか」

「もちろん。当然じゃない」

「扇奈……」

あっさり肯定する娘を、扇奈の父親はものすごく悲しそうな顔で見つめた。

そんな伏見親子の傍らで、劉生は扇奈の父親が提示した条件を検証していた。

彼の提案は、一見大幅に妥協してくれているように見える。だが、その実、彼は一切譲歩していない。一年後に取り壊すのは予定通りのことで、それまでの猶予期間を与えるだけなのだから、何も不利益を被っていないのだ。劉生からすれば、もう少し譲歩を引き出したかった。一年どころか半永久的に取り壊さないとか、修理費用を出させるとか、そういう約束を取り付けたい。

だが、ごねてもこれ以上有利な条件を引き出すのは無理だろう。何と言っても相手は資本主義の荒波の中で闘っている社長だ。一高校生が交渉戦に臨んでも勝ち目はない。

「……その辺を落としどころにするしかない、か」

少し悔しさが残り、そんなことを呟いてしまう。

しかし、扇奈の父親の方も同じように顔をしかめた。

「それは私の台詞だ。今日の取り壊しを中止せざるを得なかった時点で、私の敗北だ。君は勉強さえすれば、優秀な社会人になりそうだな」

褒め言葉のつもりで言ったのかもしれないが、まだまだ子供のつもりの劉生にはあまり嬉しくない。

二人の男はしばし睨み合った。が、先に視線を外したのは扇奈の父親の方だった。

「扇奈、解体業者のみなさんに解体中止を伝えてくれ。後で私も謝罪する」

「あ、そうだね。わかった」

扇奈が大穴をぴょいとくぐって一足先に家を出る。

劉生もそれを追おうとしたが、扇奈の父親にガッチリと肩を掴まれた。

「待て。君にはまだ言っておきたいことがある」

肩の骨がギリギリと悲鳴を上げる。くたびれた中年のくせに異様なほどの握力だ。

「いいか、娘に手を出すな」

「……なんだって?」

肩の痛みをこらえつつ、訊き返す。

「私の娘にいかがわしいことをするなと言っているのだ。君と娘が仲のいい友人というのは理解している。君が友人であることに感謝する時もある。だが、人気のないこの家で二人きりなのをいいことに、娘にいかがわしいことをしようとするなら、私は絶対に許さない」

肩を掴む手の力はますます強まり、睨みつける目は血走っている。明確な殺意があった。

「もしも、もしもだ。君が実際にそんな真似をしでかしたら、私はどんな手を使ってでも君を潰す。具体的には、私のあらゆるコネを使って、どこの会社にも就職もアルバイトもできないように圧力をかけてやる。毎年何千何万と名刺を配っている私の人脈は甘くないぞ」

「いい年した大人がリアルに怖い脅しをかけるんじゃねえよ」

動画を使って脅迫した劉生を非難したが、扇奈の父親だって似たようなものである。

と、そこでふと気づく。

「もしかして、急いでこの家を解体しようとしたのは、それが理由か？」

「可愛い一人娘が危険な目に遭うかもしれないのだ。その危険を排除しようとするのは親として当然だろう」

「……あんた、親バカだったのか」

冷徹な現実主義の大人というイメージを持っていたので、怒りや呆れよりも驚きの方が先に来てしまう。

「うちの娘はあれだけ可愛いのだ。大切に思って何が悪い」

ちっとも顔に似合わないことを、何の照れもなく言ってのける。

このオッサン、こういうキャラかよ！　いや、でも、よくよく考えたら娘には甘かったな……。

初めてこの家に来た時も、娘の頼みに応じて行ったばかりのこの家に引き返すなんてことをしている。多忙極まる社長がやるべきことではない。もっと言えば、あの時あの場に偶然通りかかったのもできすぎている気がする。ひょっとして、学校帰りの娘と会いたくて、ウロウロ捜していたのではないだろうか。

仕事が忙しく、愛情表現が不得手なせいで、娘にちっとも伝わっていないのが何とも哀れだが、この男は確実に親バカだ。

「いいか、念を押すぞ。絶対に娘に手を出すな。それが君にこの家を貸す一番の条件だ」

彼の懸念はよくわかる。年頃の男女二人がこんな人気のない場所にいたら、間違いを犯すのではと危惧したくもなるだろう。男の劉生に釘を刺したくなるのも当然だ。

だが、劉生の方こそ言ってやりたい。

「あのな、それはあんたの娘に言いやがれ」

「……なんだと？」

「あいつの距離感おかしいんだよ。ベタベタくっついてきたり、とんでもない恰好をしやがったり。この間なんか、下着をその辺に脱ぎ散らかして俺に見せやがったんだぞ」

「下着だと⁉」

親バカな父親が気色ばみ、胸倉を掴んでくる。

「君は娘の下着を見たというのか！」

「だから！　あいつが脱ぎ散らかしたんだよ！　俺だって見たくて見たわけじゃねェ！　親なら、俺を脅す前に娘のアホっぷりをなんとかしやがれ！」

「うちの娘はアホなんかではない！」

「思い切りアホだろうが！　アホじゃなかったらあんなことするか！」

「君も十分アホではないかね⁉　嫌がらせで、背中におぶさって胸を押しつけてきやがったこともあるんだぞ⁉　それの意味がどうしてわからない⁉　……いや、そのままアホでいてくれた方がいいか。うん、君はアホでいてくれたまえ」

「オイコラ、誰がアホだこのヤロウ。友達の親だろうがなんだろうが、あんまりふざけたことを言うなら、俺は平気でブン殴るぞ」

あんたの娘がアホだ。いやいやアホなのはお前の方だ。

劉生と扇奈の父親は、そんな言い合いを延々繰り返す。

「ねー、なに喧嘩してるのー？　私、徹夜しちゃったから帰って寝たいんですけどー」

喧嘩の原因などつゆ知らず、ひょっこり戻ってきた扇奈が、大きなあくびをしてみせるのだった。

§§§§§§§§§§§§§§

トンテンカン、トンテンカン。ギギギ、ギギギ。

金槌を振るう音と、釘を引き抜く音が旧伏見家に響き渡っていた。

「めんどくさいー！」

辛抱して作業していた扇奈だったが、とうとうたまらなくなって悲鳴を上げた。

「なにこれ⁉　ものすごくめんどくさいんだけど！」

雨戸に打ち付けた釘を一本一本、釘抜きで抜いているのだが、これが恐ろしく大変で疲れる作業だった。

「お前がやったんだろーが。責任持って自分でやれよ」

そう言う劉生も自分が壊した壁を絶賛修理中だった。ハンマーで折った骨組みに新しい木を継ぎ足し、新しい木の板を張り付けている。

劉生はこういう作業は苦にならないようだが、不器用な扇奈にとっては苦行以外何ものでもない。我ながら、よくぞ一晩でこれだけの釘を打てたものだ。

「ねえ劉生ー？」

完全に集中力が切れてしまった。釘抜きを放り出し、劉生に声をかける。

「なんだよ」

応じてくれたが、手を止める気配はない。

「本当に、いいの？」

「いいのって、何がだよ」

「高校卒業したらここに住むって話」

おじいちゃんの家が残るのは、孫娘としては純粋に嬉しい。だが、そのために劉生の人生が歪んでしまうとなると話は別だ。そうだとしたら、この家は即刻取り壊すべきだ。

扇奈は不安でたまらないが、劉生は気楽そうに肩を竦めてみせた。

「なんとかなるだろ。家を出たいって願望はあったし、こんな広い家を貸してくれるっていうのは悪い話じゃない。生まれてずっと狭いアパート暮らしだからな。こういう広い一軒家に憧れがあったんだ」

それは本心だろう。そして劉生には、どんなところでだって生きていけるたくましさがある。彼ならば、本当になんとか暮らしていけるはずだ。

だが、なんとか暮らしていくことと、快適に生活することは同義ではない。

「色々大変だと思うよ。一人じゃこの広い家を掃除するだけでも大変でしょ。それに、畑で野菜がたくさんできても、ちゃんと料理できるの？」

「そう言われると……そうかもだけど」

扇奈の指摘に、劉生がようやく手を止め、不安で顔を曇らせた。

その反応を待っていた扇奈は、彼との距離をグッと詰める。

劉生の顔がよく見える。

大好きで、カッコよくて、小憎らしくって、可愛くて、生意気で、どんな宝石にも星にも負けないくらいキラキラな、世界で一番大切な人の顔が。

見ているだけで、胸がキュッと甘く締め付けられる。苦しいけど、苦しくない。

あ、私、この男の子に恋してる。

そんな当たり前のことに、改めて気づかされてしまう。

「あ、あのさ、一つ提案があるんだけど」

顔が赤くなるのを自覚しながら、口を開いた。

劉生がここに住むと言い出してから、ずっと考えていたことがあった。

恥ずかしい。勇気がいる。でも、ここが勝負どころだ。

頑張れ私、と己を奮い立たせ、思い切って言う。

「わ、私も一緒に住むっていうのはどうかな？」

……言った！　言えた！　すごいぞ私！

「扇奈が？　俺と？　ここで？」

至近距離で見つめられて、顔が赤くなっていくのを自覚する。

「ほ、ほら、私ってば料理はできるし。人手はあった方がいいでしょ」

「そう、だなぁ……」

金槌を握り締めたまま、劉生が考え込む。

彼に見つめられているうちに、どんどん鼓動が速くなっていく。

劉生は、私のことを嫌っていない。異性として見ているかは微妙だけど、一緒に暮らすのを嫌がることはないはず。だから、大丈夫。きっと大丈夫……！

扇奈の鼓動が極限まで高まった時、劉生は口を開いた。

「いや、それは断る」

「……え？」

予想外の返答に、思わず目が点になる。

「だって、扇奈うるさいじゃんか。朝から晩までずっと一緒にいるっていうのはちょっとなぁ。それに、俺は一人暮らしがしたいんだ。誰にも邪魔されずにのびのびと暮らしたい」

「りゅ、劉生……？　冗談だよね？　照れ隠しでそんなことを言っているんだよね？」

信じたくなくて、体が小刻みに震えてしまう。

「いや、心の底から本気で言っている。お前と暮らすのは遠慮する」

大好きな男の子の目は、マジだった。

「ちょっとおおおおお⁉　ひどくない⁉　その答えはひどすぎない⁉」

劉生の胸倉を掴んで、ガクガクと揺さぶる。

あんまりだ。あんまりすぎる！　こっちはありったけの勇気を振り絞って言ったのに！

「遊びに来るなら大歓迎だぞ。この家をばっちり綺麗にしてやるから、楽しみにしていろ」

「そういうことじゃないの！　そういうことじゃないのよぅ‼　どーして⁉　どーして伝わらないの⁉　バカなの⁉　劉生ってばものすごくおバカさんじゃないの⁉」

「いやだって、こういうところがな。お前と暮らしたら俺の鼓膜がもたない」

「劉生のバカあああああああッ‼」

涙目になりつつ全力で叫ぶ。

そーですかそーですか！　こんなに可愛い女の子が一緒に住もうって言ってるのに、断

っちゃうんですか劉生は！　そっちがその気なら、こっちだって考えがあるもんね！
ヘラヘラしている男の子を涙を溜めた目で見据えた扇奈は、一大決心をした。
――絶対に、「一緒に暮らしたい」って言わせてやる！

エピローグ

香ばしい匂いを含んだ白い煙が、旧伏見家の庭から青い空に向かって、ゆっくりと立ち上っていく。

「バーベキューなんて生まれて初めてだけど、うまいし楽しいなー」

即席かまどの中で赤々と燃える備長炭を火ばさみでつつく劉生は、上機嫌だった。

「毎日バーベキューでもいいくらいだ」

ウキウキした気分でそんなことを呟くと、焼き玉ねぎに齧り付いていた扇奈に顔をしかめられてしまった。

「切って焼くだけの料理を毎日なんて、料理担当としてはつまらなさすぎるから嫌」

「それは失礼、料理長殿」

この家の専属シェフは、料理にだけは真面目である。素直に謝ると、彼女はフフフと笑ってやわらかく表情を崩した。

「まあ、私もバーベキューなんて久しぶりだし、楽しいけどね。おじいちゃんはよくやってくれたけど、親はしてくれたことないし」

「そりゃあうちもだ」

劉生の親は経済的理由から、扇奈の親は時間的理由から、子供をバーベキューができる公園やキャンプ場に連れて行ってくれたことはない。

子供の頃にしたくてもできなかったことを今実現できているのだと考えると、この家には本当に感謝したくなる。

他にもまだまだやりたいことはたくさんある。

大きな壁を利用してホームシアターを作ってみたい。庭があるのだから、立派な家庭菜園を作りたいし、池を作ってみるのも面白そうだ。近隣に人が住んでいないのだから、花火だって打ち上げ放題だし、カラオケ大会を開いて歌いまくることだってできる。

夢はいくらでも膨らんでいく。

「……ねえ、あの子も、バーベキューの経験なんてないのかなぁ」

劉生があれこれ妄想していると、行儀悪く箸を咥えた扇奈がふとそんなことを口にした。

「あの子？」

「ほら、この間ここに来た寺町さん」

「多分だけど、そうだろうな」

奏の話から築いた彼女の親のイメージからすると、娘をバーベキューに連れて行ってやろうと考える親だとは到底思えない。

「やっぱり、そう、なんだ」

食事の手を止めた扇奈が、何かを考え始める。

……あれ？　どうして奏がバーベキューしたことなさそうなんて、扇奈が思うんだ？

奏の家庭環境を聞かされたのは学校の空き教室で、あの時扇奈は不在だった。

首を傾げた劉生が問いただそうとした矢先、扇奈が思いがけないことを言い出した。

「あのさ、今度バーベキューする時、寺町さんも誘ってみない？」

「俺は全然構わないけど……どういう風の吹き回しだ？」

彼女がこんな提案をするなんて夢にも思っていなかった。目を丸くすると、扇奈はどう足掻いても解けない数式を前にした受験生のように険しい表情で首を傾げる。

「うーん……。なんだか気になるんだよね、あの子。この家に劉生以外の人間を入れたくないっていうのも本心なんだけど、でも、もうちょっと話してみたいっていうか……。なんでだろ？」

自分でも理由がわかっていないらしい。

多分、自分と似たにおいを感じ取ったんだろうな。

口には出さず、心の中でほとんど確信的に思った。

劉生も、自分と奏は似ている部分があると感じたが、考えてみれば、劉生以上に扇奈は奏と似ている。不向きな分野を努力のみで得意分野に昇華させたことや、そうなるまで諦めずに努力し続けられる根気強さとか、他者によって自分を捻じ曲げない芯の強さとか。

「じゃあ、今度バーベキューする時は奏を招待するか」

「うん！」

扇奈と奏が仲良くなって友達になるのなら、それはとても素晴らしいことだ。二人の少女が楽しくお喋りする光景を想像して、思わず頬が緩みそうになる。

「でも、お客を迎えるんだったら、この家の見栄えをもっとよくしたいな。そのうち、泊まりがけで作業するかなー」

穴の開いた壁やたわんで隙間だらけの床を綺麗にするとなると、放課後と土日の日中だけでは全然時間が足りない。

「え、劉生ここに泊まる気？　だ、だったら私も！」

「それは断る」

目を輝かせて挙手する扇奈の提案を即座に却下する。

「なんでよ⁉」

「ガキなお前がいると、うるさくて気が散るから」

簡潔に理由を述べると、椅子から弾けるように立ち上がった扇奈が両肩を掴んで、壊れたマッサージチェアみたいにガクガクと揺さぶってきた。

「ひっどい！　私だって役に立つでしょ⁉」

「それ以上に邪魔されそうだ。デメリットの方がデカい。それから、最近のお前は俺の脳みそをシェイクするのが趣味なのか？　気持ち悪くなるからやめてほしいんだが」

「劉生が失礼だからでしょ！　私に対してものすごく失礼だよ最近の劉生‼」

揺さぶられるままになりながら、こっそり嘆息する。

扇奈と一緒にここで暮らしたり泊まったりするのは、きっと楽しいだろう。食事一つ取ってみても、一人で食べるよりワイワイ騒ぎながら食べた方が楽しいに決まっている。

楽しいのは間違いない。間違いないのだが……多分、心臓がもたない。

ここ最近のあれこれで、自分の親友が女性として魅力的だと今さらながらに思い知らされた。近頃、彼女にドキドキすることが多くて困る。

一緒に暮らすとか泊まるとか、そんなのは、よくない。

「なによう、その目は」

劉生の視線を勘違いした扇奈が、子供っぽくぷくりと頬を膨らませた。

「いや、扇奈ってとことんガキっぽいと思ってな」

内心の動揺を悟られたくなくて、裏腹なことを言うと、扇奈はますます目を吊り上げた。

「マジで失礼！　私のすごさを全然わかってないでしょ！　私がここにいたらどれだけのメリットがあると思ってるの⁉　たとえば、私がいたらここでピザを焼くことだってできるんだよ⁉」

言われて、石窯でピザを焼いてくれる扇奈を想像する。

「それは……いいな」

劉生はピザ窯は作れるが、ピザ生地やピザソースは作れない。

「手打ちうどんやそばも作れるよ⁉」

「それも悪くないな」

劉生の家はいつだって油絵の具臭いから、そんなものを作ろうと思ったことすらない。

「頑張れば自家製ベーコンやハムだって作れるんだから！」

「スゲエ」

添加物たっぷりじゃない本格的なベーコンやハムなんて食べたことがない。想像しただけで涎が出そうだ。

「畑で作った野菜を漬物にしたら、冬でも野菜を買わずに済むよ⁉」

「それはものすごくありがたい」

夏に収穫した野菜を冬まで持ち越せたらどんなにありがたいだろう。

「私がいたら、おっぱいが見れるチャンスがあるかもよ？」

「それは最高だな」

校内一の巨乳が見れるチャンスが転がっているなんて、それだけで一緒にいる価値が十二分に……。

「……うん？」

畳みかけるような勢いに乗せられて打っていた相槌が止まる。

扇奈の顔を見ると、ニタァァアア、とものすごく邪悪で勝ち誇った笑みを浮かべていた。

「おやおやぁ？　人のことをガキだとか言っておきながら、劉生さんってば、そのガキのおっぱいが気になるのぉ？　とってもおかしいよねぇ？」

「テメェ、やりやがったな……！」

悔しげに呻くと、調子に乗った扇奈が肩に腕を乗せて、これでもかとドヤ顔を見せつけてくる。

「人のことを子供扱いしているくせに、その子供のおっぱいが気になっちゃうの？　なんだかとっても矛盾してないかな～？　ねぇねぇ、おかしいと思わない？」

こいつめ、しょうもない罠を張りやがって……！

歯をギリギリさせながら睨むと、扇奈はますます調子に乗って得意げな顔をする。

「ほらほら、認めなさいよ。私は大人なボディをしたとっても素敵なレディだって。口ではガキだ子供だって悪口言ってるけど、心の中では私が大人だって認めているんでしょ」

「あのなぁ！　前も言ったが、どーしてお前は俺をおちょくる時はそこまで全力でやれるんだ⁉」

たまらず怒鳴ると、扇奈も怒鳴り返してきた。

「劉生が私をガキ扱いするからじゃない！　私は色んな意味で劉生にガキ扱いされたくないの！」

「意味がわからん！　こんなアホくさいおちょくりを楽しそうにやっている限り、お前は永遠にガキだってての！」

「認めない気⁉　だったら、こっちもとことんやってやるんだから！」

怒った扇奈が、ダボダボセーターを勢いよく脱ぎ捨てる。

「思い切り抱きついて私の大人な体をたっぷり味あわせてあげる！　興奮したり顔が赤くなったりしたら劉生の負けね！」

両手の指をワキワキと不気味に動かしながら、一方的に無茶苦茶なことを言い出した。

「マジでお前はアホでガキだな！」

今度は心の底から本気で言って、脱兎のごとく逃げ出す。

抱きつかれたら即敗北するのは、自分でもよくわかっていた。

「あ、待ちなさいよ！」

「誰が待つかボケェ！」

高校生の男女二人が、しょうもない言い合いをしながら家中を走り回って鬼ごっこを繰り広げる。

「だいたい、私のことアホアホって連呼するけど、劉生ってば誰のおかげで高校合格したんだっけ⁉」

「お前のおかげだよ！　その節は大変お世話になりました！　感謝しております！　だが、それはそれとしてやっぱりお前はアホだと思う！」

「まだ言うの⁉　いいわ、こうなったら捕まえて、私の写真で壁を埋め尽くした部屋に監禁して、『扇奈ちゃんは可愛くて賢い素晴らしい女性です』って音声をエンドレスで三日くらい聞かせ続けてあげるんだから！」

「怖ェよ！　冗談でもゾッとするだろうが！」

「安心して。食事とトイレの世話は責任を持ってしてあげるから」

「さてはお前冗談じゃないな⁉」

ドタドタバタバタ、ワーワーギャアギャア。

ほんの数週間前まで全くの無音だった家が、実に騒々しい。

山の緑が次第に濃くなり、吹き抜ける風も爽やかなものへ変わり始めている。

四月も終盤。もうすぐ五月だ。

〈了〉

あとがき

はじめましての方ははじめまして。ご記憶の方はお久しぶりです。どうも、水口です。

今作は、女性の下着がキーアイテムの一つとなっていますが、僕自身はほとんど興味がなかったりします。真面目ぶっているわけでも何でもなく、近所の女性下着会社でアルバイトして、毎日何百何千と見ていたら、そういう体になってしまいました。もはや、見ても何の感情も湧きません。あれはただの布だと能面のような無表情で言えてしまいます。

みなさま、バイト先はよく考えましょう。大切な何かを失う危険があります。

可愛くてドキドキするイラストを描いてくださったろうか先生、ありがとうございました。扇奈に迫られたらこんな感じなんだ、とものすごく理解が進みました。

それではまた。今後とも何卒よろしく。

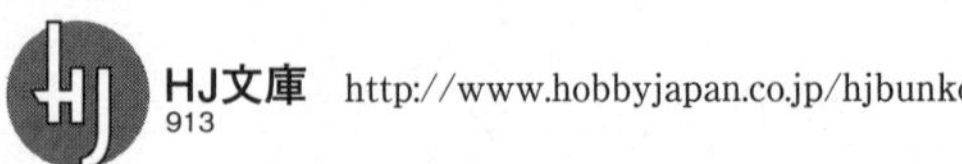

「私と一緒に住むってどうかな？」1

見た目ギャルな不器用美少女が俺と二人で暮らしたがる

2021年4月1日　初版発行

著者――水口敬文

発行者―松下大介
発行所―株式会社ホビージャパン

〒151-0053
東京都渋谷区代々木2-15-8
電話　03(5304)7604（編集）
　　　03(5304)9112（営業）

印刷所――大日本印刷株式会社

装丁――AFTERGLOW／株式会社エストール

Printed in Japan

ISBN978-4-7986-2475-4　C0193

ファンレター、作品のご感想お待ちしております

〒151－0053　東京都渋谷区代々木2－15－8
(株)ホビージャパン HJ文庫編集部 気付
水口敬文 先生／ろうか 先生